墨缘与书香

陈巨锁 著
张建安 选编

商务印书馆
创于1897 The Commercial Press

2016年·北京

图书在版编目（CIP）数据

墨缘与书香 / 陈巨锁著. — 北京：商务印书馆，2016
ISBN 978 - 7 - 100 - 12593 - 2

Ⅰ. ①墨… Ⅱ. ①陈… Ⅲ. ①散文集－中国－当代 Ⅳ. ①I267

中国版本图书馆CIP数据核字(2016)第232500号

墨缘与书香

陈巨锁 著

张建安 选编

商 务 印 书 馆 出 版
（北京王府井大街36号 邮政编码 100710）
商 务 印 书 馆 发 行
三河市尚艺印装有限公司印刷
ISBN 978 - 7 - 100 - 12593 - 2

2016年12月第1版 开本 880×1230 1/32
2016年12月北京第1次印刷 印张 5 1/2

定价：36.00元

目录

赵朴初与五台山

已是47年前的往事了。1959年夏天，中国佛教协会副会长兼秘书长赵朴初先生陪同会长喜饶嘉措法师初上五台山。时值三伏天气，山外赤日如炽，热浪难耐。入得山来，沿清水河而上，但见山峦起伏，白云叆叇，丛树低昂，鸣禽上下，杂花烂漫，流水如琴。这景致，让52岁的赵朴老欢喜无量。待风来北岭，月上东林，松送钟磬之声，水照明月之楼时，一行高僧大德，已入台怀佛地，这境界无不令人心生禅悦，充溢法喜。身兼诗人的赵朴老，触景生情，诗兴涌起，清意云浮，遂得《入山》三首，盛赞清凉胜地五台山，锦绣裹山川，"灵气满长空"。

文殊菩萨道场五台山，因佛教领袖们的光临，一时间福音四播，丛林传声。诸高僧登坛讲经说法，开示僧俗，启迪智慧，消除无明之烦恼，净化众生之心灵。亦复到诸大寺院巡礼膜拜，便留下了缕缕的法音和无尽的慈悲。诗人朴老，更是足迹所至，不废吟咏。走访塔院寺，瞻仰名王塔，听风铃之飞度，阅经阁之藏书，参礼毛主席曾驻节之纪念堂，流连再三，思绪萦怀。

在细雨霏霏中，来到碧山寺。但见烟云化处，树拥伽蓝，僧院清

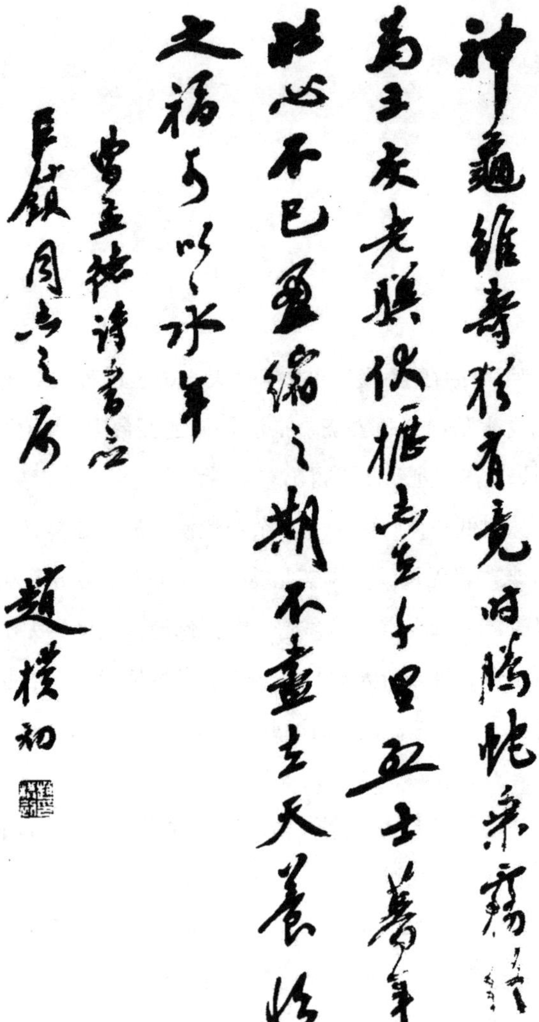

赵朴初书·曹操诗《龟虽寿》

寂，梵呗传幽。至午，共入五观堂斋饭，金粟盐笋，茶汤菜羹，细嚼慢饮，滋味无穷。餐毕，客堂共话，簷溜丁东，亦破禅关。

寻金刚窟而来，穿幽度涧，访窟宅，别真幻，生晚未能逢无著，究竟云何“凡圣参”。

至兴国寺，访五郎祠，摩挲百战铁棒，怀想千秋英姿。诗人感而赞之：“卓然不群，释家弟子。”

过栖贤阁，寻观音洞之所在，但见急湍奔石，飞阁凌空。诗人步履矫健，捷足先登。礼观音之慈颜，品甘泉之清凉，喜佳句之妙得，抚奇松而咏唱。

显通寺乃台山名刹，殿阁嵯峨，碑碣雄峙，古松蔽日，法塑庄严。朴初居士身临其境，瞻礼毗卢圣像，研读华严经疏，探究山寺之沿革，钩玄经理之幽微。

朴老在山，参礼圣迹，寻访幽胜，见山寺焕彩，宝珠重光，僧事农禅，凡圣同参。故而好句泉涌，笔生奇葩，先后得《忆江南》十四首，计《入山》三首，《咏寺院》七首，《归途》四首。词作记录了先生的行踪，赞叹了诸寺的胜境，也抒发了诗人的情怀。此行也，已餐五顶之秀色，更睹南禅之奇珍，似不忍去，又不得不离去，遂订他年再会。

先生归京，摘书《五台山杂咏》十二首为通屏以“奉碧山广济茅蓬补壁”。此作在十年“文革”中，幸免劫难，今悬诸显通寺“藏珍楼”。我每入山，多有赏读。读其词，犹见诗人在月下或雨中，行吟山寺，足音得得；或会高僧于客堂，品茗共话，轻声慢慢。赏其字，在儒雅、秀逸、祥和、清寂的书风中，可以窥见诗人的气质和学者的风范，而更多的则是佛家弟子的心迹。令人百读不厌，而愈久愈醇，并生发出一种清凉宁静的感应来。

1977 年 8 月，我陪同天津美术学院教授阎丽川先生到五台山考察文物，适值赵朴初先生在五台山视察工作。何曾想到，仰慕已久的赵朴老，竟能在这佛教圣地不期而遇，这大约就是因佛结缘的。早在 40 年前，我尚在大学读书时，课余读到朴老的《某公三哭》，一时为之激赏。此散曲寓嬉笑讥讽于诙谐幽默之中，读来备觉淋漓痛快，大爽胸臆，遂早晚背诵，传诸同学间。后见先生书法墨迹，一派东坡风韵，潇散自如，雍容典雅，爱慕之心，与日益甚，遂托在京师友，相机向朴老代求墨宝。八十年代初，喜得朴老为我书曹孟德《龟虽寿》法书一帧，遂付装池，悬诸隐堂，朝夕相对，永为楷模。

赵朴老二次光临五台山，已是古稀老人了，慈眉善目，笑容可掬，更像一尊让人愿意亲近的观世音。在省地县有关领导的陪同下，访问了五台县，视察了南禅寺、佛光寺、松岩口、塔院寺，登上了东台望海峰。此行，距第一次入山，已过去了十八年的时间，这中间，五台山也经历了十年浩劫。诗人旧地重游，发出了深深的咏叹："偿宿诺，重上五台山。十八年间喧寂异，无穷刹那海田迁。到此证真诠。"

先生在山，下榻五台山民族宗教办事处一号院的正室。朴老白日山寺巡礼，入夜灯下挥翰。已是七十高龄的老人了，仍然诗思敏捷，兴到笔随，忘却疲劳，将此行所作的六首《忆江南》写成大幅，分赠五台县委、佛光寺文物保管所、松岩口白求恩纪念馆等单位。还书写了大量的条幅，答谢包括司机在内的所有陪同人员。一代诗人，一代书家，和颜悦色，平易近人，馈赠墨宝，广结善缘，吟诗诵经，风致高标。朴老在山数日，不独为僧众开启了智慧，留下了诗作和墨宝，也给众生以言传和身教。

1979年1月，我适北京。14日上午造访董寿平先生。小坐未几，朴老光临董宅。董老甫出病院，赵老专程来看望。二老见面，互致问候，虽轻声慢语，而相互关爱之情，溢于言表。我陪末坐，如沐春风。谈起朴老两上五台山，老人脸上漾着微笑，且不时地点头，仿佛又想起了“文物允为天下重”的五台县，“瑰宝世间无”的二唐寺，抑或是“峰腾云海作舟浮”的东台顶。

赵朴老对五台山佛教音乐的保护和传承，也给以极大的关注和支持。据佛教音乐工作者田青先生说，他从上世纪八十年代初开始了佛教音乐的采风工作，是在朴老的指引下，首先到五台山来，记录梵呗及各种法事活动的录音。1988年到1989年，录制了《五台山佛乐》。到1995年，在北京举办的“第一届中日韩佛教友好交流大会”的开幕式上，首演一首佛曲《望江南·三皈依》，歌词是王安石的作品，而曲调便是五台山的传谱。这首词曲的合成，即是在朴老的倡议和指导下完成的。当朴老听了这《三皈依》的演唱后，高兴得眉开眼笑。我也曾听繁峙县李宏如先生说起，为了抢救五台山佛教音乐，举办五台山佛乐培训班，曾得到朴老个人一万元的资助。此后，五台山佛乐团、五台山小沙弥乐团等多次到港台及世界各地参加国际音乐节，获得高度的赞誉。中国佛乐，荣登世界乐坛，此中无不凝结着朴老的心血和慈悲。

赵朴老和五台山高僧的交往更是佳话多多，仅择二三，以窥豹斑。

能海，一代高僧，中国佛教协会副会长。1955年10月，赵朴初先生陪同法师护送佛牙舍利，周莅缅甸，至则举国倾动，顶礼沸腾。在缅期间，先生与法师朝夕与共，结无上缘。1959年，先生初入五台山，自然受到法师的盛情欢迎与接待。直到1997年，已是耄耋之年的朴老，有《早餐得句》：

酪乾细嚼苦茗送，不殊西藏酥油茶。
妙味得来添法喜，昔年曾饮上人家。

在此诗的注释中，当可见朴老对能海上人的怀想："昔曾在喜饶嘉措、能海、法尊、清定诸法师处饮酥油茶。"又在《老人何所好》的诗中写道：

老人何所好，陈醋与新茶。
陈醋助饱食，百忧驱海涯。
新茶荡心胸，文思发奇葩。

想必朴老在五十年代，初入五台山时，便尝到了山西老陈醋的滋味，以至往后的年月中，竟成了一种"爱好"。而能海法师当年所倡导的农禅共修，更为朴老所激赏，而发出了"农禅好"的赞叹：

举起锄头开净土，穿来牛鼻透重关。
药圃林山多宝地，朝霞暮霭雨花天。

能海和尚在"文革"中遭劫难，于 1967 年元旦辞世了。拨乱反正后，在 1981 年，为纪念能海法师，在台山宝塔山腰，建一砖塔，朴老欣然为法师撰书塔铭。其铭曰：

承文殊教，振锡清凉。
显密双弘，遥遵法王。
律履冰洁，智忍金刚。
作和平使，为释争光。
五顶巍巍，三峨苍苍。
法塔崇岳，德音无疆。

铭文盛赞了上人一生的风范和懿德，令朝山者有高山仰止的感觉。到了1999年，年届92岁的朴老，又想起了一代高僧，则写成了《能海上师像赞》：

蔼蔼其容，矫矫其神。
望之俨然，即之也温。
昔年入藏，两度孤征。
舍身求法，为利众生。
终获宝珠，放大光明。
东西南北，一音普闻。
选住五台，归来文殊。
现大威德，万化一如。
稽首上师，一切无碍。
像教常兴，威仪永在。

这首诗，当是朴老的绝笔了。在《赵朴初韵文集》中，此作写作年代为最晚，是压轴之作。读是诗，再次窥见能海法师在朴老心中的分量和情谊。

法尊，这是五台山的又一位高僧。20岁时，在五台山广宗寺出家，曾依止北京法源寺太虚上人，后来毕业于武昌佛学院。两入藏卫，广学经论，翻译宏富，著作等身。曾任中国佛学院院长，培育僧才，比肩贤哲。法师与朴老，友谊弥笃，时相过从，为佛教教育事业鞠躬尽瘁。1980年12月14日，法师圆寂于北京广济寺。时仅十天，朴老于12月24日作四言长诗32句《法尊法师赞》，寄托哀思，缅怀上人。次年，法师灵骨塔在五台山广宗寺落成，朴老再次命笔，留下“翻经沙门法尊法师灵骨塔”墨迹。

朴老不独为能海、法尊等结缘甚深的高僧题铭作赞，也曾为五台山殊像寺、三塔寺等寺院题写了匾额，为金阁寺题写了“日本国灵仙三藏大师行迹碑”。又为普寿寺撰书了对联：

恒顺众生，究竟清凉普贤道；
勤修梵行，愿生安养寿僧祇。

对五台山寺院之所求，朴老几乎是有求必应。只是老人太忙了，便有了“文债寻常还不尽，待将赊欠付来生”的感叹。然而当我们品读朴老为五台山的题留时，端庄凝重的字迹，也足令我们肃然起敬呢。

2000年5月21日，赵朴初先生以93岁高龄逝世。全国上下为这位著名的社会活动家、爱国宗教领袖、一代诗人、书法大家的陨落而哀悼。我再次摩挲老人为我所书的墨迹，不禁感叹“神龟虽寿，犹有竟时”的客观规律。所幸在五台山筹建碑林时，我曾亲自认真钩摹了朴老 1977 年的《忆江南·五台山杂咏六首》墨迹，然后刊入碑林，永留天地间，传诸后代。朴老去了，“花落还开，水流不断”，当会乘愿再来。

（在纪念赵朴初先生诞辰百年的日子里，谨撰短文，以献心香。）

2006 年 12 月

广洽法师与五台山

广洽法师，俗姓黄，小名老禅，1900年生，福建南安人。五岁丧父，十岁丧母，遂成孤儿。二十岁时流落厦门，次年十月在南普陀寺剃度出家，拜瑞等和尚为师，法名广洽。二十四岁时，赴新加坡助师重建龙山寺，四个月后，回南普陀寺，先后任知宾、副寺、佛教养正院监学等职务。1937年，抗战爆发，法师再次南渡新加坡，在佛教居士林任导师。1952年被推为龙山寺住持。1975年起，任新加坡佛教总会副主席、主席。在新期间，多次回国观光礼佛，也曾赴锡兰（今斯里兰卡）、印度、缅甸等地朝圣弘法。1994年3月24日，圆寂于新加坡，终年九十五岁。

在《广洽法师年谱》中，有一句"1959年9月28日，登五台山朝圣"的记载，我便寻觅洽师在五台山的踪迹，然而终未有得，只好暂且搁置。

我与丰子恺先生的幼女丰一吟女史通信多年。去年曾邀一吟先生到五台山消夏避暑。先生回信说："我于八十年代到过五台山，是陪新加坡广洽法师一起去的。其时经忻州，吃了中饭，可惜那时不认得你。"

得此讯息，喜出望外。随即致函先生，问讯陪同洽师在五台山时可否有日记？若有，能否将法师在山行状见告？先生回函说：“所托之事，五台山时，确有日记，但（一时）无暇整理或抄录。”我很能理解先生的苦衷，一位七十多岁的老人，又加诸事繁忙，便不敢再行打搅。

今年4月，我有江浙之行。在上海时，抽暇造访了丰先生。丰先生深知我心，一杯清茶置诸案头后，便拿出一个小本子，书脊上标着一行字样：“85年，广洽法师缘缘堂，五台山9月4日—10月24日。”丰先生一面让我喝茶，一面打开小本子：“这便是洽师上五台山时我写的日记，太潦草了，有的字我已经认不得了。你能看清楚吗？”我说：“慢慢来，总行的。”在我的请求下，丰先生慨然为我复印了我所需要的有关章节。我写本文，无疑是在丰先生日记基础上整理而成的。故此，先应向丰先生敬致谢忱。

1985年9月4日至10月24日，广洽法师由新加坡回国的五十天行程中，日程安排得是满满当当。在缘缘堂复建落成典礼后，便到普陀山礼佛，然后由浙江而上海、而北京，再转车到山西来。

9月27日，广洽法师一行四人，由上海飞抵北京，当日下午，便到北京医院拜会了叶圣陶先生，二老又促膝谈心。洽师回忆了1981年归国与叶老见面的情景。当时也是丰一吟先生作陪。叶老曾有诗：“广洽法师垂顾敝寓，一吟作《促膝谈心图》记之，因题‘浣溪沙’一阕：促膝诚为甚胜缘，谈心相对欲忘言。旧交新晤乐无边。展卷俨然丰老笔，继承乃父一吟贤。画风书趣得薪传。”当晚八时余，洽师一行便乘火车向太原而来。

9月28日晨9时许，车抵太原。有中旅社接站，到迎泽宾馆，进早点，休息。上午10点15分，乘小汽车离太原。中午，在忻州宾馆进餐。餐毕，即奔五台山而来。下午5时许，抵达台怀镇，下榻显通寺内招待所。

9月末的五台山，天气已经转冷。由南而来的客人们对寒冷甚是敏感。好在室内已送上了暖气。方落脚的洽师，身未暖席，便急匆匆在同来的林子青先生等陪同下，去参拜释迦牟尼和文殊菩萨。时有五台山佛教协会副会长弘毅法师、慈贵法师和宗教办事处杨富义先生等三人，过访未值。晚上又来，表示对洽师飞锡驾临五台山十分欢迎，只因事前未得讯息，多有怠慢，特请鉴谅。

9月29日。五台山夏仍飞雪，岁结坚冰，况值这凉秋季节，石缝间，积水处，已是薄冰如镜了。只有那花池中的黄菊花，还在朝阳下闪耀着金灿灿的光辉，因了清风的吹拂，摇曳着傲霜的枝叶。仰望北台，已覆盖了一层皑皑的白雪，愈见其高洁和肃穆。在这天朗气清的日子里，广洽法师一行在弘毅法师的陪同下，由显通寺向菩萨顶行进。85岁的高僧似乎有点吃力，便拐入广宗寺，一面在寺院巡游，也在此略事休息。然后步出山门，转过照壁，仰望那“灵峰胜境”的所在。在同行的护助下，广洽法师登上了一百零八级的石台阶。洽师伫立在菩萨顶的木牌坊下，俯视台怀诸寺，尽入望中。弘毅法师为之一一指点，哪是黛螺顶，哪是善财洞，哪是罗睺寺，哪是……主人说得认真，洽师听得仔细，不时漾着微笑，颔首赞叹。入山门，度松荫，进大殿，洽师虔诚地礼拜文殊菩萨，丰先生亦跪拜祈福。

中午返回招待所，餐后休息。洽师吐痰三次，痰中均带血丝。丰先生见状，十分焦急，不知所措。法师说：“不碍事，歇歇脚会好的。”

丰一吟先生不禁回想起了洽师与其父亲丰子恺的交往。他们是因了弘一法师而结下深缘的。丰子恺先生是弘一法师出家前的学生，又是出家后的皈依弟子。而广洽法师是弘一在厦门时的法侣，且“以师礼事之”，“一心亲近承事，终身爱慕，随侍多年”。洽师在闽南初识弘一大师后，在大师的介绍下，便开始与丰老通信，十数年中，鱼雁频传，感情弥笃。

1948 年 9 月至 11 月，一吟随父亲丰子恺有台湾之行。自台归来，遂往南普陀凭吊弘一大师故居。事有凑巧，在这里，竟邂逅了刚从海外归来而未曾谋面的广洽法师。二老相见甚欢。丰先生在洽师的导引下，参谒了弘一大师故居，还绘制了一幅题为《今日我来师已去，摩挲杨柳立多时》的画作，以赠广洽上人。稍后，丰先生在厦门举办画展，又得到洽师的帮助。

1953 年，丰子恺等先生集资在杭州虎跑后山为弘一大师建舍利石塔。洽师闻讯后，于 1957 年也集净财捐赠，在石塔周围筑栏杆、置围墙。

1965 年秋天，洽师回国，在上海与丰子恺先生重逢，并相偕到杭州祭扫弘一大师石塔。1975 年 9 月 15 日，丰子恺先生逝世后，国内毫无消息，倒是洽师在新加坡多家报纸为之报道。今又为石门湾丰子恺故居的重建，资助劳顿。

丰一吟先生回想至此，自是铭感五内。如今见法师痰中有血，怎能不担心焦虑？然而洽师不远万里，来到五台山，哪能安卧客房，遂决定坐车出游。下午 3 时后，驱车抵广济茅蓬（碧山寺），方丈灵空法师热情接待。在茅蓬得睹弘一大师墨迹，一条幅上书：“视大千界，如一诃子。戊午仲夏演音将入山书奉藕初先生。”一副对联，上书：“慧眼见一切，妙音满四方。大方广佛华严经偈颂集句，智行居士供奉，沙门月臂。”广洽法师对此墨迹，久久出神，似乎又沉入了往事的回忆之中。

弘一大师生病闽南，广洽法师随侍左右，历时数月。郁达夫在鼓浪屿日光岩拜访大师，他为之引见，从而留下了郁氏那首《赠弘一法师》的名作。抗战时期，徐悲鸿在新加坡办画展，应洽师之请，欣然命笔，为弘一大师作油画像。而大师赐他的法书、信札、训语等也有六十余件之多。大师在1937年2月，先后脱落二齿，也送他“藏之，以为纪念”。他的字号“普润”，也是大师所赐……难怪洽师在茅蓬看到弘一大师手迹，为之出神，好像他又回到了闽南亲近弘一大师的岁月中。

洽师一行，在碧山寺参礼毕，便到塔院寺来。白塔巍巍，风铎传声，此时游人已少，塔院清静。洽师礼佛后，在各处漫步，怡然淡然，得似闲云野鹤。日已夕也，月上东山，法师一行方回宿处。

晚餐时，法师因一整天的巡礼，颇感疲劳，便未去餐厅，在下榻处吃打斋之菜。饭后，法师请大显通寺为福建南安县罗东埔头田中乡夏宅大厝黄氏历代宗亲做佛事，超度亡灵放焰口。由穿大棉袍的当家和尚手持电筒，偕洽师前来祭拜。拜毕，与众僧结缘，略事座谈，便回房休息。

此日，恰逢中秋节。洽师等身在佛国，天心月圆，了无睡意，遂步中庭。月下空庭如水，法师廓尔无言。丰一吟先生却来诗兴，遂吟四句：“久欲朝圣登五台，而今乘愿拜如来。吾侪共赏中秋月，敬乞文殊赐我才。”并说：“此乃献丑之作，旨在抛砖引玉。”此情此景，也逗起了林子青先生的诗兴，便得二绝句：

千山万壑绕台怀，一片伽蓝眼底开。
今日登临菩萨顶，风光无限逼人来。

为礼文殊万里来，洽公宏愿亦奇哉。

多情最是中秋月，今夜相逢在五台。

9月30日，洽公一行将离开五台山。在“震悟大千”的悠扬钟声中早早醒来，又趁晨风在清静沉寂的“清凉妙高处”，摩挲着明铸的铜殿和铜塔，不时为那精湛的铸造艺术品而叫绝。几日来，丰先生笔不停挥，不独记录着洽师的起居和行踪，也记录着五台山的自然风物、历史沿革、胜景特色以及五台山的传说和故事。所惜丰子恺先生过早地去世了，丰老比广洽法师仅仅年长两岁，若能活到今天，二老相偕，同来五台山礼佛和观光，那该是多么的惬意呢。佛家言“万事无常”，这确是无可奈何的事情，我们只能徒增慨叹了。

早餐后，洽师等于8点15分驱车返并，经道忻州，在某饭店吃中饭，“四人仅吃六元钱，价廉物美”。这当是遵循弘一大师“惜福”的教诲吧，有所谓“惜食，惜衣，非为惜财缘惜福”。

广洽法师抵并后，仍旧下榻迎泽宾馆。山西省佛教协会副会长根通法师、崇善寺圆相法师、五台山佛教协会会长请佛法师、玄中寺住持了满法师等咸来问候，并邀约翌日上午在崇善寺吃素斋。

10月1日，时逢国庆，洽师一行游晋祠、崇善寺。于山西省博物馆赏读傅山书法。中餐、晚餐皆在崇善寺，得到了诸法师的盛情款待。

10月2日，广洽法师一行乘飞机离开太原，赴北京、天津、厦门等地云游。

屈指算来，法师归西十有余年了，但他在五台山朝圣的行迹，却会不时地让人们谈论着，而或传之久远。

2006年5月20日

我与南仙北佛墨缘

上海苏局仙与北京孙墨佛，在当今书法界有“南仙北佛”之称，又以其高龄善书，为人所尊重。我与两位老人虽不曾谋面，却神交有年，孙、苏二老虽已先后谢世，然翰墨之缘，我是不会忘情的。

还是在八十年代，百岁老人苏局仙所书的《兰亭集序》，在首届群众书法比赛中荣获一等奖，引起书法界人士的注目。然而获奖后，老人却写了一首诗：“有意多情勉老夫，强将瓦缶作琏瑚。当今无限书家在，驽骥宁堪并驾驱。”这正是给那些稍有成就，尾巴便翘到了天上者当头棒喝。而老人的谦恭之风，则令人肃然起敬。

1991 年元旦，上海朋友惠我苏局仙先生百龄晋秩大寿纪念封一枚。并得知百十岁老人仍是才思敏捷，记忆超人。四月间我便致函苏老，为五台山碑林乞字，始料不及的是，五月初便收到了先生所赐墨宝，除为碑林书件外，还赠我一帧，并嘱其子苏健侯先生复函于我：“大札拜读，命书赵梦麟五台山观日诗附上。另家父以‘福寿’两字呈奉，祈哂纳教正。家父说久仰你老大名，苦不识荆，更不知通信地址，欲致候无能。今天假良缘，借此大好机会，想恳乞墨宝，以光门楣，未卜肯俯允否？仰企之至，敬盼好音。”

我遂即回函致谢，并奉上拙书“形其量者沧海，何以寿之名山”条幅，并请赐教。五月中旬，老人以诗代函，赠我七绝一首：“三晋遗风重到眼，江南恰值麦秋初，菜汤麦饭尝新后，百读案头一纸书。”老人对我过誉，自不敢当；然激励后学，敢不勖勉奋进。

今年年初，得悉先生于年前12月30日仙逝，能不伤悼！

苏局仙，上海南汇人，1882年1月1日生，前清秀才，毕生致力教业，善诗词，擅书法，著有《蓼莪居诗集》、《水石居集掇》、《东湖山庄诗稿》等。生前为上海文史研究馆馆员。

孙墨佛，山东莱阳人，生前为中央文史馆馆员。1979年岁末，我曾通过王绍尊老师向孙墨老为《春潮》杂志求字。先生于1980年元月26日书元遗山《台山杂咏》一首见赐，时年九十有八。由此推算，先生也当生于1882年，恰与苏局老同庚了，难怪几年前“南仙北佛”互赠题词，遥致祝贺，一时传为佳话。

辛亥老人孙墨佛，青年时代便接受了孙中山先生的革命思想，加入了同盟会，在大元帅府任参军。1922年6月，陈炯明发动兵变，包围总统府。事件发生前，孙墨佛等得到讯息，面陈中山先生，中山先生便登上了“永丰”舰，方得脱离险境，免于遭难。

孙墨老一生酷爱书法，尤喜孙过庭《书谱》，得暇挥毫临写，至百岁而不懈怠。所临成册，图书充架，不计其数。孙老曾以手书整册见赠，并题“巨锁同志小友留念”。每翻阅先生所赠墨迹，那种认真临写，勤学苦练的精神，便使我从偷懒中勤奋起来，认真地学一点东西。

两位老人虽已作古，但他们所创作的书法艺术，他们的人品，将会永远流传下去。

潘公遗墨遐想

国画大师潘天寿，1897年3月14日出生于浙江省宁海县冠庄村，1971年9月5日在“文革”中惨遭迫害含冤去世。先生一生孜孜于艺术教育事业，培养了数以千计的书画人才。在国画创作上，更是独树一帜，为中外人士所钦仰。早在二十年代，先生初到上海，见八十高龄的吴昌硕，吴便十分器重他的才华气质，曾以篆书对联见赠：“天惊地怪见落笔，巷语街谈总入诗。”

潘天寿画名之盛，书名遂为其所掩了，然而纵观先生的书法，无论殷契、猎碣、篆、隶、行、草皆极精能高古，妙造自然，尤其是行草书，疏密相间，大小错落，洋溢着强烈的节奏感，正如沙孟海先生评其作品：“沉雄飞动，自具风格。”先生之书，立足于传统，又能不囿陈法，有所革新，有所发展，早年陶泳于晋唐书法之中，潜心钟、颜。中年以后，专事于黄道周的结体，心摹手追，探其神髓。黄书纯用圆笔，而潘书方圆并用，以方为主，故所作坚挺清健，凌厉恣肆，勃勃然，生气排宕。

1975年10月我因书法展览事宜南适杭州，在清波门外的美术学院访问了画家周昌谷先生，自然谈到了潘老被害致死的情况，宾主一时戚戚然，愤愤然，然而在那种年代里，敢怒而不敢言，不禁沉默良久。临别时，昌谷先生以潘天寿所临黄道周墨迹见赠，并说：“这是潘老的学书日课之作，留作纪念吧。”正是这种不成文的片纸只字，从中我窥见了一个伟大艺术家成功的奥秘，那就是严肃认真、一丝不苟的治学态度，一位卓有成就的大家，面对范本，一个字临了又临，写了又写，揣摩其特点，品味其神韵，直到心领神会，出神入化为止。就是这样日复一日，年复一年，一字字，一遍遍的，潜研穷索。为艺术的高峰而不知疲倦的攀登，真是“看似寻常最奇崛，成如容易却艰辛”。而我们一些学书者，虽临法帖，浅尝则止，未曾登堂入室，便掉头而去，还奢谈什么出新，铺纸挥毫，纵横涂抹，洋洋乎俨然大家，看似奇崛，实已流俗。每见此景，我常会想起潘老的这件墨迹来，它激励我认真地学一点东西。

周昌谷先生因创作了国画《两个羊羔》而誉满画坛，他的书法是学八大山人的，质朴无华，耐人品尝，奈何先生也已作古了，睹物思人，能不慨叹。

苦禅先生

上世纪六十年代初，读大学时，王绍尊老师为学校资料室购得不少李苦禅先生的花鸟画佳作，尺幅不大，四尺宣三裁，多横幅，每幅30元左右。后来上花鸟画课，那些作品，我大都临摹过，至今还保留有白荷图。1964年夏天，作为艺术实践课，我们为山西省博物馆到广胜寺临摹壁画。临有下寺明应王殿元代戏剧壁画和上寺昆卢殿明代“十二圆觉”。当时所用颜料十分讲究，有不少色墨是购于李苦禅先生家的旧藏。那一块块精美的圆饼上，有细致的烫金云龙纹等图案，富丽堂皇，当为色墨之珍品。想必苦禅先生当时是为生活所迫，否则也不会把自己心爱的东西变卖掉。李先生和绍尊师都是白石老人的弟子，时相往来，我曾在王师处见有李先生的一通来信，那是我见过的最大的函札了，写在四尺整幅的生宣上，字大如核桃，而或过之，气势雄强，不乏洒脱，汉魏碑基础上以行书出之，且时见章草笔致，确是一件可资欣赏的书法精品呢。

“文革”中，苦禅先生住牛棚，受批判，在“批黑画”大潮中，其姓名也赫然见诸报端，说他画残荷诬蔑八个样板戏，其实老先生连八个样板戏是什么样都不知道。

十年浩劫结束后，我拿绍尊师写的李先生在京的住址，前往东单煤渣胡同拜访苦老，在一所逼窄的旧房子里，见到的只是一位老保姆，她说李先生在唐山地震后，借居到一位朋友在月坛公园附近的一处空房内，我按照保姆提供的地点，第一次造访了李先生。老人鹤发童颜，已谢顶，戴宽宽的黑框眼镜，上身穿白色衬衫，外套一件浅灰色马甲，肥肥的裤腿下，露出一双黑面圆口平底鞋，爽爽朗朗，一位和善的老先生，谈起话来，底气十足，流露着浓重的山东口音。先生谈打倒“四人帮”的喜悦，谈《红梅怒放图》的创作经过，谈老朋友关山月的大幅作品《松梅赞》，谈王友石在山东开画展的故事，无不绘声绘色，引人入胜。从谈话中，可见李老确是一位心直口快，敢说真话，天真无邪而对艺术又极有见地的老画家。当老人知道我是来自山西后，他说1937年“七七事变”后，他到过山西，印象最深的是在街

李苦禅 · 竹鸡图

头一家商店的“隔扇”窗户上，贴有八大山人的一幅画作。“我在画前站立多时，不能离去。山西人太有钱了，竟用名画糊窗户。”惋惜之情，溢于言表。而言下之意，似有批评无知商人糟践名画的行为。这件事对老人来说，也许是一生不能忘怀的，以至后来几次拜访先生，老人都会提起它。此外，苦老还说：“那次到山西，从太原坐火车到大同，走北同蒲线，路过宁武，那山，太有气势了。”正谈话间，有一位自称是青岛博物馆的青年也来拜访先生。与老人叙谈了家乡的情况后，便提出求画的愿望。李老略一思索，便离开座位，将墙上一幅四尺三裁立幅新作《松鹰图》取了下来，正当秉笔题款时，夫人李慧文一手端水，一手拿药给李老送过来，见状便说：“这不是给出版社印挂历准备的作品吗？一二日来取，你拿什么应对？”李老随即放下手中的毛笔说：“老乡来求画，能让空手回去？”“内室不是有一些吗！不能选一张？”李老遵照夫人意见，从里屋的画作中，选取一幅，题款钤印，以赠来者。

1977年初春二月，我适北京，再访苦老，入李宅，见老人正在案前躬身作画，我便随李夫人静静趋前，伫立一旁专注观看。只见李老聚精会神地画兰花。原以为大写意画，是放笔挥毫，信手泼墨，纵情恣意，一气呵成的。岂知老人运笔极为审慎，即一笔兰叶画将来，也是很慢很慢的，一段一段接下去，沉沉稳稳完成的，难怪欣赏苦老的画，有韵味，有情趣，笔精墨妙，耐人品读。待老人搁笔，还将画作审视了一番，似乎不需要再加什么了，才慢慢坐下来和我打招呼，问长问短，很是热情，好像见到了久别的乡亲。请教有顷，见案头砚有余墨，我请老先生写几个字，以作留念，老人一本正经地说：“我的字，写不好。我练字用的纸张还没有红卫兵写大字报用的多。”说着话，便站起来，铺开了一张四尺单宣，紧握大楂斗笔，饱蘸浓墨，写下了“世上无难事，只要肯登攀”十个雄强劲健的大字，只是在写“事”字时，有点笔误，虽作修改，老人似乎未能称意，执意重写。我建议另写一“事”字，待装裱时，挖补即可，李夫人也是这么主张。而苦老还是重写了一张，并说：“艺术创作要致精微，不可草率，不可草率！”然后题了上下款，加盖了印章。还拿起印章对我说：“我书画上的用印，除了白石老师刻的，就是邓散木刻的。你看刻得多深，很耐用！”

是年 11 月，我因公差赴京，并将送上前次为苦老所拍玉照的放大片，遂往东礼士胡同李先生住处而来，不料李先生已搬至三里河南沙沟十二楼，便转车到李老新居。居室虽不见宽绰，但不再是借居他人的房子了。墙上挂着新作，画的是兰竹，上题“芳溢环宇，新竹清佳。一九七七年九月九日，苦禅敬写”，是幅纯墨笔的画作，清雅高洁、精妙绝伦。墙角堆着京戏“把子”，刀枪剑戟，应有尽有，让人想到苦老这位曾经粉墨登场的京剧老票友。老人兴致很高，正与先我而来的几位造访者叙谈，谈国画界的人和事，具体生动，时见风趣和幽默，让人忍俊不禁，老人也每每莞尔一笑。见到老人，聆听教诲，亲接謦咳，无不大受教益。到 1978 年 4 月，我又两次谒拜先生。每次到李老家，总会遇到很多人前来讨教。我先后遇到了刘勃舒先生，他赤着脚，穿一双塑料凉鞋，细高条的个儿，这便是当年徐悲鸿先生特招的小学生。他送来李先生的两幅荷花图，想必是借去临摹的。一次是见到美院的王文彬同志，他忙着为李老画速写像，又从不同角度为李老拍照片，看来是要以李先生为题材进行美术创作呢。也曾遇到过北京画院的油画家田零，也许此时改行画国画，拿出一摞花鸟画习作，请李先生逐幅作点评。此外，更多的是如同我一样的来自全国山南海北的国画爱好者，一则亲睹心中偶像之颜色，再则以求学画之度世金针。李老对每位来访者，都是热忱接待，认真指点，曾无懈怠，真正体现了有教无类，诲人不倦的古训精神。

在我的书画藏品中，有苦禅先生的三件大作。一件是前面提到的“世上无难事，只要肯登攀”的大字中堂；还有一开册页，画的是竹鸡两只，新竹数枝，清影野趣，跃然纸上，李可染先生见之，赏对良久，赞为佳作。另一件是李先生致萧龙士的函札，此作是一位朋友在前年于郑州书画拍卖市场拍得后而赠我的。信写在黄色的毛边纸上，高 28 厘米，宽 62 厘米。信较长，字或大或小，行忽疏忽密，行文质朴，内容尤富资料价值。读其信，一可见先生人品之一斑；二可见先生当时生活之状况；三可见画家许麐庐办培训班的故事。谨录几段，以观大略。

“张煦和亦来信，彼回合肥，搭车颇窘促。弟无力，略助以屑滴，煦和尚坚辞不受。”“弟生平对人事之共鸣同情，如此事者，常为也。以文艺人生之修养，当得知人类之深味……”

“关于去合肥一事，北京美协曾与弟联系。弟忘记一事，弟不时患头晕，出门如去年赴青岛，曾令燕儿随从，不时照顾。此次去皖，仍想带燕儿去。至饮食费用，弟可以自备也。只去时，公家为搭两车票便可矣。祈兄转商张建中同志如何，是盼。”

“麐庐每星期日在本宅教画，学生多干部，非常之忙累。学生时多时少，小室为之满，极形活跃热闹，恐学费不抵招待费。为补助生活，恐相反。吾辈生财，非其（人）也。”

以上种种，读之，能不令人慨叹。一代国画大师，为区区几十元（当时从北京到合肥坐卧铺，每人也不过 30 元左右）车票费，还得求助于“公家”，“祈兄转商”“如何是盼”。许先生“为补助生活”，还得“在本宅教画”，云云。而这些艺术大家们，面对窘境，却习以为常，处之泰然，传道授业，默默奉献，不独留下了弥足珍贵的艺术财富，其高尚的人格魅力，也将永远是后来者的楷模。

2012 年 3 月 29 日

黄山邂逅老画师

不久前，参观李可染先生画展，勾起了在黄山玉屏楼与先生邂逅的一段回忆。

岁在戊午（1978年），时维初夏，我由晋赴皖，登黄山至海拔一千六百多米的文殊台；下榻玉屏楼上，其楼，背倚玉屏峰，面临巨壑，苍松点缀其间，奇石罗列左右。松以迎客、送客二株为最，树龄高在千年以上，虬枝老干，铁甲金鳞，横空出世，驾雾腾云，跃跃然，欲拔地飞升。石以雄狮、巨象为肖，上多题刻，皆为点睛之举，往往引人入胜。过迎客松，下有天池一泓，清波荡漾，光采照人。花朝月夕，每有猴群，来饮于此，与人戏逗。下天池，有蓬莱三岛，小巧玲珑，若盆景然，奇石仙姿，天设地造，其景中，有一长者，鹤发童颜，有学者风，在一妇人和青年护持下，对景写生，神情专注。这便是杰出的绘画艺术家、美术教育家李可染先生，两位护持者，一为先生夫人邹佩珠，一为先生儿子李小可。

李老抵玉屏次日，适值夜雨初霁，热气上蒸，冷絮卷起，弥漫山谷。倾刻之间，茫茫大千，竟成云海。海到尽处，青天作岸；远峰出云，犹仙舟神槎。文殊台露出云表，也成化境，玉屏楼自是清都玉府。

李可染书·天道酬勤

放目天都、耕云、莲花、莲蕊诸峰，近以咫尺，云海分隔，仰之弥高。李先生于文殊台上，观云海之变化，挹群峰之秀色。

山色向晚，华灯初上，我于先生下榻处请教学画之道。先生循循善诱，要我借鉴传统，师法造化，在大自然中发现前人没有发现的新规律。“峰高无坦途”，必须脚踏实地，勤学苦练。先生将黄山写生见示，一幅铅笔速写迎客松，不独枝干穿插具体，就连针叶鳞片，也作仔细描绘。先生说:“一寸画面一寸金。”所画《立雪台望白鹅岭》一幅，主峰突兀，老松挺拔，白云卷舒，远山如黛，给人以凝重、深邃、博大的感觉，有如先生之为人。早在1954年，先生曾到此处，奈何风雨如晦，山岳潜形，文殊院火焚，玉屏楼未建。先生借居破室，以门扇作床，夜雨滴沥，床头雨漏，执伞而坐，俨然一苦行僧，居数日，与天都峰仅谋一面，画下了《文殊台望天都峰》一画。而今，先生年逾古稀，且有脚病，再次登上黄山，为山川写照，老而弥坚。

临别，先生为我题书“天道酬勤”，至今一直悬之座右，激励我“困而知之”。

力群先生

年前 12 月 25 日，力群先生百岁华诞，我本拟前往祝贺，奈何一时因事不能赴京，总想力老身体很健康，总有看望的机会。出乎意外，刚过春节没几日，便听到老人辞世的消息。噩耗传来，令人震惊。按虚岁计，老人已是一百零一岁的高龄了，然而走得那么匆匆，让我不能相信。

力群先生是著名版画家，在我上中学时，就开始阅读他在《连环画报》上连续发表的《木刻讲座》，我的仅有的点滴的木刻知识便是从那“讲座”中得到的。第一次见到力群先生，是在 1965 年山西省文代会上，他给美协的代表作报告，站在讲台上，侃侃而谈，声音十分洪亮，带着浓重的地方口音，不时挥动着手臂，有如在电影中看到的五四时期讲演者的姿态。在“文革”后期，力群先生一家被安置回老家灵石县仁义公社郝家掌村插队，碹了几孔窑洞居住，并在村里植树造林，担当起护林的任务。劳作之余，不忘创作，其时有作品《这也是课堂》的问世。后来为县陶瓷厂设计产品，有熊猫烟灰缸，深受欢迎，还远销海外。在我的案头有一只黑釉笔洗，十分典雅和质朴，也是出自力群先生的手笔。1978 年 5 月，我在黄山邂逅李可染先生，谈到力

陈巨锁访力群先生

群先生，他说力群进京时送了他一只笔洗，是黑釉的，“很可爱，一直放在我的师牛堂”。想必力老以此笔洗分赠给不少书画家的朋友呢。

打倒“四人帮”后不久，力群先生由大同返太原经道忻州，我陪同先生上五台山。在参观龙泉寺石雕牌坊时，力老啧啧赞叹雕刻艺术的精美，当看到一个龙头枋被损坏时，流露出无限惋惜的表情。得知那是“四人帮”时期，在“破四旧”行动中所造成的恶果，这位有素养的老艺术家不禁骂道：“那帮龟孙子，真是坏透了。”

1982 年 2 月，山西美术工作会议在临县召开，会后我随同力群、苏光等同志重访晋绥边区政府所在地蔡家崖。二老回到了当年办《晋绥画报》的所在地高家村，深情地回忆毛主席在晋绥边区的讲话中讲文武之道一张一弛，谈贺龙，谈煤油灯下木刻创作，谈演剧……苏光同志还找到了他当年在高家村结婚的住处，在寻觅中回忆，在留恋中畅谈，激动溢于言表。我们听着也感兴味无穷，他们询问着村中的老人，竟不能找到一位当年的相识者，似乎留下了几缕遗憾。

1984年5月14日至21日，力群、苏光二老有代县、保德、河曲之行，在八天的陪同中，二老都给我留下了深刻的印象。在代县参观了文庙，登上了鼓楼，指导了“农民画”的创作，观看了面塑、剪纸、刺绣等民间艺术，提出了保护和发掘民间文化艺术遗产的宝贵意见。在保德参观了天桥电站，观看了县业余文艺演出。力群先生此次到保德，主要是来拜访全国植树模范“野人”张侯拉。5月18日，力群同志在县委副书记陈良继等陪同下驱车到化树塔乡的新畦大队，不巧张侯拉老人又到叫“九塔”的地方植树去了，便参观了张侯拉的居所，一间旧屋，门楣上挂了政府所赠送的“植树模范”的匾额，推门入室，用“灰锅冷灶”四字状之，似为中的。地下堆了些粮食袋，炕头零乱地散放着几只碗，似乎不曾洗涮过，有的碗中还留有一些剩饭，从这些状况中，依稀可以看到“野人”在家的生活了。张侯拉的老伴在病中，住在另一处院子里，力老提着从太原带来的糖果去探望。下午张侯拉返回新畦，便引领力老到“葫芦头”地方去参观。这葫芦头有一处石崖凹进去，崖下有巨石似床铺，张侯拉有五年的时间在这里生活，崖下就地垒锅灶，烧水、做饭、煮野菜。张侯拉白天漫山遍野植树，晚上睡在石床上，与星月相伴，脸不洗，胡子不刮，头发不剃，腰间系一条绳子，赤着脚，拄一条棍子，衣裤的边缘也多破烂飘拂，日久天长，“野人”的名号便不胫而走，四下传播开来。力老看到“野人”的作为，面对漫山的林木，敬重而感叹，遂为张侯拉画像纪念，并题写了“植树造林，绿化祖国”，以赠老人。

5月19日，力群同志在张侯拉等引领下，驱车由桦树塔到“牧塔”的地方，然后徒步到“九塔”看张侯拉所植之山林，八十多岁的“野人”，腰脚甚健，力老也已年高七十三岁，二老人在前，翻山越岭，不让青年。张老对力老说：“往前，坡很陡，你老怕是上不去。”力老笑答：“山羊能上去的地方，我就能上去。”果然，二老人已经爬上了陡坡，我们却气喘吁吁，还在后边呢。

这“九塔”的高处，“野人”的居住环境有了很大改变，晚上不再是山崖露宿，而有了一孔土窑洞，洞很低，躬着身子才能走进去，不过总算有了遮风避雨地方，晚上能睡个囫囵觉。洞里见有锅灶，却不见粮食，走出洞外，力老问张老：“不见你有粮食储备，饿了吃什么?”张老随手从地上拔起一棵野草，揉了揉土，送入口中，稍一咀嚼，便咽了下去，接着说：“这就是我的粮食。”力老效仿张侯拉，也从地上掐了同样野菜的叶子，送入口中，嚼了起来，却不曾下咽。我问：“味道如何?”力老笑着说：“苦涩得很！张侯拉不容易！”

此行，张侯拉的事迹和见闻，让力老感动不已，很快写出了《张侯拉访问记》。此文在《五台山》杂志发表后，又收入他的散文集《马兰花》中；为张侯拉的画像也刻成了木刻，还曾寄赠我一幅。

1986 年 7 月，著名木刻家，也是力群先生的内兄曹白先生，由沪到并，然后由力老陪来上五台山，游览诸寺院。二老甚为愉快，在忻期间，应邀作书，皆欣然挥毫，留下墨宝多件。

力老还详细为我介绍了曹白先生的革命故事。我以前只知曹白与鲁迅先生的交往，没想到他还是一位革命战士。在抗战期间，他是《沙家浜》中“郭建光”式的人物，力老说：“《沙家浜》的创作，不少素材是来自曹白当年的革命经历。”

此后，力老似乎再没有到忻州来。然而，我到太原，则每每抽暇去看望力老，老人总是很热情地接待我，每次都有新的著作，签名赠送，以至隐堂中存有力老的题赠计有：《野姑娘的故事》、《力群传》（齐凤阁著）、《马兰花》、《力群版画选集》、《我的艺术生涯》、《力群美术文学评论集》，以及“二〇〇八年十月十六日于京郊香堂村”寄我的《馀晖集》。此外，还有去年12月底由京托人捎给我的《力群生活及文学世界》（薛苾编著）。这些作品集，我不时展对，欣赏其版画艺术和文学作品，捧读其传略，无不令我感动和赞叹。

2000年，我去访问力老，有一篇日记，也算翔实，谨录于后，以见力老为人与生活之一斑：

> 10月11日，早餐后，8点5分访力群先生。其媳闻声开门，随之郝强（力老儿子）出见，说：“力老正在洗漱，请稍等。”或许我来过早，客厅尚未整理，室内颇感杂乱，沙发巾斜披乱放。当地摆放着两个铁丝笼，一个笼中养三只松鼠，一个笼中养一只猫头鹰。正观察间，力老走下楼来，我离座上前握手，力老说：“你什么时候来？住在哪里？”
>
> 我说：“就住前院的招待所。很久没见面，没有什么事，来看看你。”
>
> 力老说：“谢谢！谢谢！”
>
> 我询问力老的身体情况，老人说：“88岁了，还是忙。上午写作，中午睡一会儿，下午到汾河边散步1个到1个半钟头。但不能打网球了，也不能骑自行车了，因为一条腿上有骨质增生。”又说：“明年89岁，虚岁90，大家提议要为我过生日。”
>
> “什么时候？”我问。
>
> “还没定。”

“定了时间，请通知我，我好有点表示。”

谈到创作，力老说：“我今年还搞了两张版画创作。眼睛没问题，手有点乏力。”又说：“今年我还到山东两次，是青州人请去的。”

笼中那跳来跳去的松鼠，把我的注意力引过去时，力老说：“我的家成了动物园了。这些小动物是人们送我的。”

“力老，你搞了《林间》的木刻，又画了中国画猫头鹰，这些小动物是你创作的对象，观察的仔细，画中的形象才那么生动活泼，让人心爱。”

“《林间》我送你了没有？”

“送了送了。早在1982年2月初拓时，就送我了，我一直装在镜框内，挂在书房里。”

老人接着说：“这两种动物截然不同。毛圪狸（指松鼠）一天不停的动；而猫头鹰，却一天也不动，临县人形容人不爱动，有‘你敢情是信壶’的说法。”

“我们崞县人也有这种说法。也管猫头鹰叫‘信壶’。只是我不知道这‘信壶’二字该怎么写？就以谐声，作插信的箱壶吧，它当是一动也不会动的。”

“这‘信壶’二字，我也从未思考过，真还得查考一下。”力老说得很认真。

看看表，与力老交谈已近一个小时。将起身告辞，老人说：

“你等等，我新近出了一本书，送给你。”随即咚咚地跑上楼，听脚步声，力老的脚力还是劲健的，88岁老人，真不容易。很快拿下一本《力群美术评论集》，坐在茶几前，展开扉页，工整地签名题赠："陈巨锁同志存阅。力群千禧年十月十一日于并州赠。"我双手接过力老的赠书，又说：

"我还保存你五六十年前出版的《访问苏联画家》一书。"

"是我送你的？"

"不是，那时我还是中学生呢。是后来在'文革'后旧书摊上淘到的。"

"我手头也仅有一本了。它（指书）记录了很多苏联画家的资料，还有点参考价值的。"

我起身告辞："我不打扰了，请多保重！"

力老送我到门口，我说：

"今天外面很冷，别送了。"

"好，好！再见，再见！"

郝强送我到小院大门外。

到2001年12月，我不曾忘却力老的生日，于旧历11月17日值老人九十岁诞，遂以老人所作木刻标题集联五副，拟为力老贺寿，即与董其中老师通了电话，询问庆典日子，知力老已迁居北京，以致一时未能取得联系，所作贺件只好搁置一旁，暗暗祈祷力老健康长寿。

2002年4月8日，"力群画展"在太原开幕，我持请柬，于9日前往参观，于展厅见到了久违的力群先生，叙谈有顷，老人将做保健按摩，邀约晚上7点到力老家小坐。

按时赴约，力老方归，九十老人，除重听外，看上去，一切都很健康，记忆惊人，思维敏捷，手可操刀刻版画，眼能不花书小字。我将前书九十贺件送上：

二月新苗春到山区郝家掌，

林间秋菊帘外歌声莱比锡。

集联中“二月”、“新苗”、“春到山区”、“林间”、“秋菊”、“帘外歌声”皆力老版画大作之标题；“郝家掌”乃力老之出生地；“莱比锡”在1959年8月举办了国际版画展，力群先生的《帘外歌声》在此次展出中大受赞扬，并收入《给世界以和平》的画册中，为祖国争得荣誉。

老力看到迟到的贺联，甚是高兴，连声道谢。据说，后来此件集联曾悬挂于力老在京的客厅中。

与力老近四十多年的交往中，受益多多，1986年我在太原举办个人书画展，老人撰书前言。1995年我的第一本散文集出版，先生为之作序。“前言”与“序文”多有过誉之词，然提携奖掖后学之用心，令我铭感五内。

到2009年97岁的力老，还应我所约写了《回忆赵缵之老师》的文章，老人用钢笔十分工整地写在稿纸上，几处修改的文字，用白粉涂抹，一一改正，这正是老人为文的一贯作风，文稿留我处，将是一件很珍贵的“文物”呢。

力群先生辞世了，他给我的信件多多，还有他赠送的木刻大作《黎明》、《瓜叶菊》等等，看到这些将可传世的艺术品，我的思绪便久久不能平静。老人晚年画国画，他曾亲自设计，让我为他到五台河边定制砚台，此后便画了很多竹子、菊花等花鸟和山水，呈现一派版画气息，也颇耐看。有人向老人求画，他却说：“我的国画再过三年才敢拿出。”这便是力老对艺术创作之严谨态度。老人永远是我们学习的榜样。

2012年3月10日

追忆沙老

日前收到中国书法家协会发出的讣告，惊悉我国书坛泰斗沙孟海先生于10月10日在杭州仙逝。噩耗传来，思绪联翩，夜不成寐，遂为短文，以寄哀思。

已是十七年前的往事了，1975年10月1日，“山西省书法作品展”在杭州西泠印社的“柏堂”和“观乐楼”展出，我随展赴杭交流。10月3日下午，山西和浙江两地书法家十余位到西泠印社的“吴昌硕纪念堂”举行笔会，仰慕已久的书坛名宿沙孟海先生来了，诸乐三先生也来了。座谈有顷，交流开始，我迫不及待地想看看两位老书法家挥毫的情景，然而诸乐三先生的右手在前不久因电风扇致伤，还在包扎治疗中，故不能握笔作书，深为遗憾。待沙老作书，大笔挥洒，墨沈淋漓，中侧兼用，顿挫随意，激扬飞动，一挥到底，所作气势恢宏，一任自然，然先生之书，愧我当时未能理解，便不以为然。只是先生作书激情豪迈，物我两忘的气氛使在场者注目凝视的场景给我留下了深刻的印象。

10月4日，我访问浙江美术学院教授周昌谷先生，在周先生不大宽敞的客厅里，悬挂着沙老所作的楷书横幅，其作用笔精到，古趣盎然，我观摩再三，为之倾倒。由江浙返晋，此作时时浮现脑海，便于同年 1 月间致函沙老，敬乞寸楷墨宝。到 1976 年初我便收到了沙老所赐楷书长卷，所书内容为王荆公“半山即事”十首，随即装裱，悬诸座右，朝夕相对，引以为学习楷模，而今沙翁遽归道山，其遗墨我自奉为拱璧。日前翻检书箧，沙老为邮寄墨宝的信封尚在，这是一个已经使用过的旧信封。上面贴了一张白纸，以“3 分”面值的邮票寄我，并写明“印刷品”字样，信封上还有一清晰的邮戳，标明发信时间是在 1975 年 12 月 31 日 16 时。睹物思人，能不慨然？

到 1984 年底，拙编《中国当代名家元遗山台山杂咏》十六首书法册，再乞沙老作书。然函发数月，不见回音，窃谓沙老年事已高，应酬又多，此请怕要落空了。没想到，于 1985 年 5 月下旬收到了沙老书件，且得手教：“我因病住院，将近半年，昨天甫出院，尊嘱写件耽搁多日，奉请指教，并请谅察为幸！”云云。先生惠我甚多，至是感激无喻，随将此作收人多种书册出版，广为流传以飨同好，并将此作刊入五台山碑林，为名区增辉，与青山共存。

1992 年 10 月 20 日

吴丈蜀与五台山

吴丈蜀先生是中国当代著名的诗人、书法家。据我所知，先生与佛教圣地五台山的结缘也是颇深的。

早在 80 年代初，我编辑《中国当代名家书元遗山台山杂咏》册时，首先想到了沙孟海、费新我、沈延毅等大家，其中就包括吴丈蜀先生，遂致函吴老，得到了吴老的支持，惠赐了大作。直到 1985 年 5 月，中国书法家协会第二次代表大会在北京召开，我才第一次与吴先生谋面。翌年，中国书协在烟台召开二届二次理事会，在闭幕会后的晚宴上，书界同仁进行联欢，我有幸和吴先生同桌聚餐，相与畅谈，颇受教益。酒至半酣，先生即席赋诗，登台朗诵，无奈大厅内笑语喧阗，人声鼎沸，吴先生的诗作，我是连一句也不曾听清楚。会后，相偕游览，登蓬莱阁，读东坡诗，访云峰山，观郑羲碑，甚是惬意。此后几年，我便没有机缘和先生晤谈。直到 1989 年 10 月，成都市书协组织书法活动，我和吴先生都应邀参加。那次活动，除参加了书法展的开幕式外，便是尽兴的访胜探幽，我追随吴先生，在武侯祠、杜甫草堂寻诗觅句，吴先生的诗囊中自然又添了不少的新作。在浣花溪畔的竹楼上，午餐间，我对先生说："五台山正在兴建碑林，拟将吴老以前所书元遗山台山杂咏一首镌刻石上，希望吴老能够同意。”

“五台山是享誉海内外的佛教名山，我很愿意写首诗作为留念，只是没有去过，何以成诗呢！”吴先生不置可否地回答我。

“欢迎吴老在方便时光临五台山，我们随时恭候。”我向吴先生口头邀请，先生颔而谢之。

由蜀返晋后，我很快给吴老寄上有关五台山的一套丛书资料，以供先生参考。没过几月，先生寄回《为五台山碑林作》七律一首：

“名山见说住文殊，气势雄奇接太虚。岭峙五台开佛国，云封百嶂隐僧庐。寺迎江海千邦客，阁贮经文万种书。雁代群峰齐俯伏，清凉世界好安居。”拜观墨迹，洋洋六尺整幅巨制，凝重古拙的汉魏碑版气息，跃然纸上，直扑眉宇间，冷峻高逸的神韵，令我久久不忍释卷。这便是今天在五台山碑林中，让人留连驻足的那通吴丈蜀先生并书的诗碑了。

到 1993 年，我再次致函吴老，诚请先生到五台山来消夏避暑，吴老总是忙，未能到五台山，又寄来一首诗：

“见说文殊法会开，名山何处久萦怀。他时车发忻州道，游罢南台上北台。”

吴老情系台山，于此亦可见一斑。同年，我拟以五台山为内容作书画专题展，先生闻讯，便撰浣溪沙一词为贺：“翰墨丹青各不凡，原平有杰树高幡，神州艺苑誉声传。此日一堂陈妙品，诗情画意聚毫端，冰绡都写五台山。”这词虽然是先生对我个人的题赠，却和五台山也有联系，附录于此，也可从中窥见先生提携新人、奖掖后学的人品和道德。

1994 年 9 月，我突然收到吴先生发自银川的函札。他说，在西北旅行结束后，将去五台山一游，赴晋后，再作联系。然而时过中秋，尚不见吴老赴台的踪影。后来，接吴老从汉口所发的信函，他说，相偕数人，行脚匆匆，车过忻州，也不愿再去叨扰，便迳去台山了。台山之行，吴老宿愿已践，定是诗稿盈囊，我为《当代书画家与五台山》积累资料，希望先生抄示咏台大作。先生回函说，他的老伴身患不治之症，他终日延医购药，服侍左右，以尽人事。于此境况下，我除了对吴老的安慰外，便不愿有任何些许的搅扰了。

吴丈蜀 (1919—) 字恂子，四川泸州人，久居汉上，是湖北省文史馆馆长。身兼中华诗词学会副会长，已是年近八旬的老人，诗词和书法大作，时见于报端杂志，足见先生诗思敏捷、宝刀不老的风采了。我读吴老近作，真有点“应手看垂钩，清心听鸣镝”的感觉呢！

1996 年 4 月 10 日

邓云乡的乡情

读2月26日《人民日报》周末文艺副刊上一篇题为《童时过年》的短文，在作者邓云乡先生的姓名上加了黑框，我有些怀疑自己眼睛的晕花，这不会是事实，邓先生才75岁呢，因为在众多的老一辈学者、作家当中，他还算是一位较年轻的长者。然而文章的结尾处，有一小段编者的按语："邓云乡先生刚刚为我们写来此稿，就不幸辞世，令人悲痛。谨刊此文，以示悼念。"这哪会错，邓先生确是过世了。我一时茫然，不知所措。

在我的书架上有很多种邓先生的著作，还有一册先生亲笔签名赠我的《水流云在琐语》，我为先生那渊博的学识而钦佩，更为先生那浓郁的乡情所感动，早有写一篇《邓云乡的乡情》的念头，终因自己的疏懒，迄今尚未动笔。先生去了，我怀着悲切的心情来完成这篇小文，算是我对邓先生的追怀和悼念吧。

邓先生十岁时离开家乡山西省灵丘县东河镇到北京，1947年毕业于北京大学中文系，先后在苏州、南京等地工作，于1956年到沪上，任上海电力学院人文学科教授，执教之余，勤于笔耕，洋洋洒洒，出书廿余种，可谓著作等身了。读邓先生的文章，乡梓之情，时见笔端，

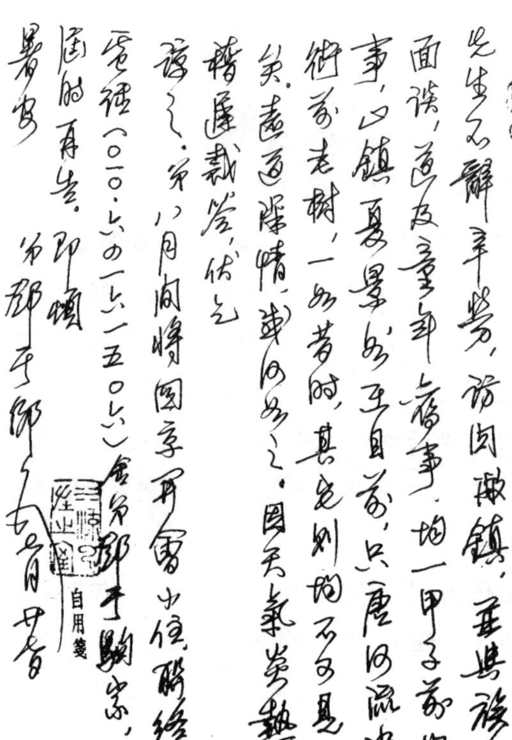
巨镇先生砚席：

赐信及照片均已收到，多谢

先生不辞辛劳，访问敝镇，并与后人

面谈，并及童年旧事，均一甲子前旧

事，以镇夏景如至目前，只唐河流水、

街前老树，一如昔时，其他则均不可见

矣。故园深情，殊何如之。因天气炎热，

稽迟裁答，借之

谅之。弟八月间将回京开会小住，联络

电话（○一○·六○一六一五○六）会弟邓云驹宗，

届时再告。即颂

暑安

弟邓云乡手启 七月廿日

自用笺

邓云乡先生致陈巨锁手札

有时浓郁，若陈年老酒，有时细腻，似工笔图画，有时又会流露出些许淡淡的“乡愁”，皆因情之所系，不能自已，形诸文字，以抒情怀。下面摘抄几节，则可见其梗概的。

“我十岁以前，在故乡灵邱东南镇生活时，经常听姨母说民间谚语：‘乾隆让嘉庆，米面憋破瓮。’当时是山西民间经济最雄厚的时间。平时走亲戚家，在很偏僻的山谷中，都有几进，甚至十来进的高大青砖瓦房，其建筑年代，大多是乾隆末嘉庆初年盖的。均可见当年民间财力。而灵邱还是山西东北隅穷县，如在中路、南路商业资本集中的地方，那财富自然就更多了。”

“小时候在家乡祖宅居住，自己家的房子，镇上其他人家大院子，有的三四进，但都很宽敞，虽然正房也都是一条脊，……但院子都是方的多，窗户也都是全部木制，每间房窗台上两边竖开小格子小窗，中间上下大方格和合窗。格局更接近于京派。”

“儿时趴在椅子上，一早看见玻璃窗上的冰棱，是四合院之冬的另一种趣事。那一夜中室中热气，凝聚在窗上的图画，每天一个样，是山，是树，是云，是人，是奔跑的马，是飞翔的鸽子……不知道是什么，也不管它是什么，每天好奇的看着它，用手指画它，用舌头舔它，凉凉的，是那么好玩。现在还有谁留下这样的记忆呢……”这是何等美丽而温馨的印象，在我的脑海里也印刻着同样的记忆，也曾在《我的童年》一文中，对窗玻璃上的冰花作过兴味的记录，而且是何等的相似呢，也许因我在童年，家居崞县山村，离邓先生的家乡灵邱近在咫尺的缘故吧。

还有先生笔下“黄土高坡”上的窑洞，同样是让人留恋的一幅乡土风情画。

“窑洞都是热炕，一窗暖日，粉纸窗花，一条热炕，小媳妇大姑娘盘腿坐着绣兜兜、作嫁妆，说说笑笑，也是一曲青春梦……”

愈是对家乡的眷念，愈会引发游子思乡的情愫，先生笔下的“乡愁”，有时甚至是沉重的：

“飘泊异乡以来，早已念破家山，无坟可上了，岁时祭祖等迷信也一鼓脑儿扫掉几十年矣。中元节的种种，那历历在目的儿时趣事，都是华胥梦境，一去不复返矣。”然而先生却没有在“乡愁”中搁笔，而又饱含热情写出了《关于晋帮商人答客问》和《吾乡先贤》等文章，前者阐发了晋商在中国近代史上的辉煌业迹，并揭示了成功者的秘诀；而后者如数家珍似的介绍了傅山、魏象枢、阎若璩、吴雯、陈廷敬、孙嘉淦、祁韵士、徐继畬、祁寯藻、张穆、杨深秀等一批学人。这都是读来令人感奋的好文章。

思之切，行之亦速，尔后先生便很快回到山西，跑了一些地方，又写出了《“大红灯笼”和“乔家大院”》、《五台山佛缘》、《内长城内外》、《云中古都》等篇章。在大同时，曾探访了李怀角姥姥家旧宅，写道：

“门户依稀，只是高台阶残破，墙砖剥落，六十年岁月，它自是皱纹满脸，老态龙钟了。我走进院看看，各家也像北京四合院一样，都盖着小房，从窗口玻璃望去，也是电冰箱、洗衣机……现实与古老的时代组合。友人给我在门前照了两张相，算是我回姥姥家的纪念。”人去楼空，自然给人留下了几许苍凉的感觉，然而先生的心态很快恢复了正常，当他看到“两座古寺”（上、下华严寺）均经不断整修，保护很好时，为之欣慰。

“记忆中的四牌楼，是商店集中的地方，我还记得绸缎铺‘恒丽魁’的名字，但那毕竟是很小的，而今全然改观了，灯火辉煌。百货公司、酒楼、服装店、音响、电气商店、影剧院、歌舞厅……现代都市的熙熙攘攘、音响节奏的应有尽有，这些对我说来完全是陌生的，已经感觉不到云中古都。正像我住在云冈宾馆的房间中，没有感到姥姥家的大同一样——变化太大了。”先生为家乡的变化为之高兴，而对家乡仍然的“穷”、“不清洁”则是“只期待于未来吧”。并指出：

“现在化肥发达，改良土壤是很方便的，水源就在眼前，用马达引水喷雾，真可以说是一举手之劳，用塑料大棚育苗种菜、种果树都可以。这里煤又方便，价格又低廉，冬天温室种菜也简而易行。有谁愿意到五台山办科学农场呢？准是发财的买卖。”殷殷之心，昭然可鉴。

我几乎要成文抄公了，但又没得法子，要说邓先生的乡情，当然就得从他的文章中来看，就近来说，在去年，仅在《人民日报》副刊上读到邓先生的四篇文章，其中有三篇就是记叙家乡的故事的，分别为《糖房之夜》、《缸房》和《葛仙米、地皮菜》，读这些充满情趣的文章，无不充溢着乡情，引人入胜，令人神往。而在邓先生致我的几通函札中，也仍然可见情系家山的一斑的。

我第一次与先生通函，是因为在市场上买不到几种邓老的著述，便冒然打扰先生，也许是因了一个读者的心愿，加之那种无形的乡缘，邓老很快给我以复示，并惠赠了前面已经提到的那本签名的《水流云在琐语》，其函云：

巨锁先生雅鉴：

大札奉到，不遗在远，隆赐法书佳札，乡梓高谊，感荷奚如？弟六十余年前离乡，先祖庐墓、旧居，均已荡然无存。高、曾、祖、父，四代单传，邓氏远支族人，或有存者，近支则无。

战前故事，只存记忆中耳。拙著多承奖许，殊不敢当，唯《水流云在杂稿》已绝版，弟处亦无存书；《水流云在琐语》乃前年新版，尚有存书，奉寄乙册，请多指教。如来沪出差，欢迎枉驾赐教，至盼。专肃敬请台安！

弟邓云乡顿首 四月十九日

我捧读着先生的大札和赠书，心情为之激动，遂将案头两方新制澄泥砚寄赠先生，以申谢忱，以供清玩，没想到紧接着又收到先生的两通大札和一帧条幅墨迹：

巨锁先生鉴：

手札并赠之澄泥砚，均已收到，远劳寄赠，感荷殊深。弟近因心血管病住院治疗，先此简复，俟下周出院后，当再详告，匆此，即颂

砚安！

弟邓云乡顿首 五月廿一日

巨锁先生：

弟昨日已出院回家，今日略还笔债。为先生写一小诗奉寄，弄斧班门，博笑之，匆匆不一。即颂

砚安！

弟邓云乡顿首 五月廿五日

同函所惠手书条幅是：

“滹水南峰旧梦遥，江天春暮雨潇潇，谢公远赐桑梓报，石砚澄泥

世德高。巨锁先生不遗在远，赐书报故乡消息，并赐寄澄泥砚二方，病中甚感高谊，口占小诗报之，拙不成书，愧甚，愧甚。丁丑小满后，邓云乡。”(条幅中标点符号为笔者所加。)

“滱水”，即唐河，在邓先生的笔下也曾多次出现过，如：

“唐河自西北由蠡县流入，到我老家灵邱县是一条水脉，不过，我们县在上游，在山西境内，翻过重重迭迭的南山（即太行山脉）到广昌县，就入旧时直隶省境内了……”先生的故乡东南河镇的命名正是因了该镇座落在唐河以南的缘故吧。“南峰”，指镇南的玉皇岭，这些地方，正是先生童年时代经常涉脚的处所，故有60年后“滱水南峰入梦遥”的咏叹。

到七月初，我偕文友陈、王二君由忻州经原平、代县、繁峙而灵邱，得《东河南镇行记》一篇，后将此行的见闻函告邓先生，并附上了几幅照片，于是又收到了先生的复函：

东河南镇门楼

巨锁先生砚席：赐函及照片均已收到，多谢先生不辞辛劳，访问敝镇，并与族人面谈，道及童年旧事，均一甲子前的旧事，山镇夏景如在目前，只唐河流水，街前老树，一如昔时，其它则不可见矣。远道深情，感何如之。因天气炎热，稽迟裁答，伏乞谅之。弟八月间将回京开会小住，联系电话（笔者略去）舍弟邓云驹家，届时再告，即颂暑安！

弟邓云乡顿首 七月廿七日

我深知先生是忙人，讲学、著述、参加学术研讨会，时间安排的紧紧的，加之有心血管病，我便不愿作更多的打搅，以后一年多的时间里，竟连一句问候的话也没有寄上，今先生去了，我只有深深的怀念。我想，邓先生虽未能寿登耄耋，而先生却是在《童时过年》的回忆中逝去的，对天地、山河、祖宗的叩拜和焚香中逝去的，也可谓魂归故里，功德圆满了。

邓先生安息吧，家乡的人们是会常常念起你的。

1999 年 3 月 2 日于隐堂

胡问遂先生

还在十年劫难中，书法事业濒临绝境，胡问遂先生则在报刊上发表文章，呼吁“要学一点书法”。我看到这种文章，心情甚为激动，须知那是在艺术事业窒息的年代里。

乙丑四月，在北京参加中国书法家第二次代表大会，我有幸认识了这位海上书坛名家胡问老。修长的身材，白晰的面孔，高高的鼻梁，微深眼窝，看上去，有点外国人的感觉，有人开玩笑说：“一位俄国书家”，引得几位哄然而笑。

胡问遂先生，祖籍浙江绍兴人，出生于书香之家，十岁时便开始在方砖上练大字《麻姑仙坛记》，日临百字，从无间断，小小年纪，便练就了坚劲的腕上功夫。到三十五岁时，胡问遂先生在上海拜沈尹默为师，成为沈的入室弟子，从此在沈老的辛勤培养下，书艺日高，书名渐著。胡先生学书，一是勤奋，二是认真。一卷颜书《告身帖》，四年的时间里，竟临了一千余遍；而所临苏书《黄州寒食诗》和《郑文公碑》，几欲乱真。而后先生又博采众长，兼收百家，积数十年的功夫，形成了严谨中见风采、敦厚中富韵致的书风。

丙寅十月，六十八岁的胡老在夫人的陪同下，到烟台参加中国书协二届二次理事会。一天晚上，我和朝瑞兄去拜会胡老，他正在卧床休息，起坐时，还得夫人去扶持，先生似乎比以前有点瘦弱了，他说话不多，声音也不高，但极有见地谈了对当今书坛状况的看法，使我们受益匪浅。烟台会后，先生又走访了掖县“郑文公碑”，这是先生早年临帖中用力尤勤的刻石，他为了得见庐山真面目，领略石刻神态，体察书法意趣，不顾体弱多病，不远千里而来，徜徉云峰山中，伫立摩崖碑下，顾盼入神，不忍离去。先生这种探索精神，老而弥坚，我在其旁，甚为感动，随为先生和夫人摄影留念，先生自是高兴。

日前，胡老应约，为我们所书史监《中台拥翠峰》诗句：“深树浮岚晴带雨，阴崖积雪夏生寒”。读其诗，有如置身五台山中，饮甘泉，临松风，清凉惬意，甚是可人；赏其书，老笔纷披，骨气洞达，浓墨华滋，韵味无穷。

1985 年 10 月

不曾谋面的忘年交
——记周退密先生

四明周退密词丈，久居沪上，年高九十有一，是我仰慕的学者之一，相交逾二三年，时有书信往来，却不曾谋面。

五年前，九五高龄的施蛰存先生赠我签名本《北山楼诗》，就中有《周退密夫妇五十齐眉祝之以诗》和《题退密诗卷》二首，皆施公早年之题咏，时退密先生尚于役辽东。2001年12月施先生又赠我《北山散文集》两巨册，其中书信部分，收人施先牛致周退老函札就有68件之多，为收信人之最。于此可见二老的交往之密和情谊之深了。我拜读这些函件，如对二老，品评碑帖，切磋辞翰，商借资料，相约晤面，互致问候，无不赤诚相见，真情感人。2002年8月，施公再以大著《北山谈艺录续编》见赠，此书扉页之题字便是周退老手迹，秀逸中见神韵天成，劲健处知人书俱老。

感谢施先生的惠赠，我对周退老的了解，不少是从施先生的著述中知道的。年前，施蛰存先生以百岁高龄作古了，我深深地怀念他。在我的书架上，不独陈列着施老的多种签名本著作，还有我最为钟爱的施先生在30年代所编的《晚明二十家小品》的重印本。这是我于

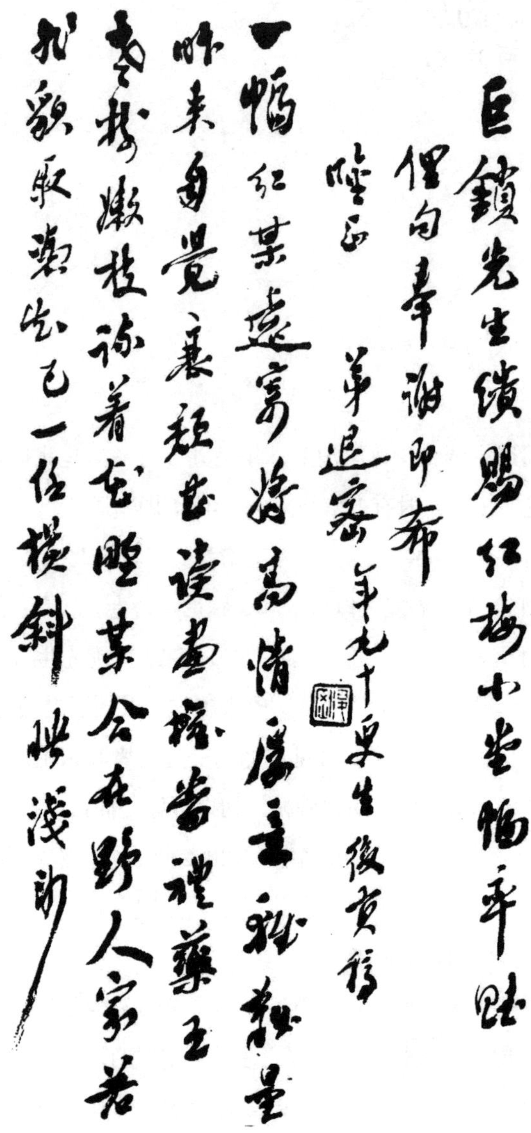

周退密先生致陈巨锁诗札

1984年自泉州携归的，于今也有20年的历史了。

话已扯远，言归正传。在2002年2月，我请上海季聪兄与周退密先生转上拙作散文集《隐堂随笔》一册，以乞教正。到6月间，得到周老回函，并赐法书数件，令我喜出望外，其函曰：

隐堂先生：月前季聪同志来，读尊著《隐堂随笔》，至为感谢。足下文笔斐然，引人入胜，至为钦佩。敬书奉匾额、楹联、条幅等数件，聊博大雅哂正。并志墨缘，非敢以云报也。即颂文祺，并祝潭吉。弟退密匆上恕率。

2002.6.24

先生以隶书“文隐书屋”、篆书“隐堂”、行书条幅书王西野诗《九华山遇雨》，楷书拙联“青潭白龙时隐现，丹崖古碑任摩揩”为赠。先生于我初交，何厚幸如之！我感激不尽，遂即修书再三致谢。至同年11月，周先生又以大著《捻须集》见赠。此书收先生十年中五言律诗160首。遂置诸案头，不时品读。先生虽年登耄耋，却诗思敏捷，诗律精微，能不令人钦佩。

去年春天，拙作书法长卷《陈巨锁章草书元遗山论诗三十首》由荣宝斋出版，奉寄印品一件与周先生，敬请赐教。未几，得周老长跋一则，跋语错爱过甚，我实不敢当。然前辈提携后学，奖掖之心，跃然纸上，殷殷可鉴。今抄录于后，权当鞭策，惟努力奋进，以谢先生之厚望：

巨锁先生昨以《章草书元遗山论诗三十首》长卷见视，展卷观赏，老眼为之一亮。信夫，当今艺苑之照明珠也。章草书，近日有以用笔凝重，结体奇古为工者，望之若夏禹岣嵝之碑，古则古矣，其如人之不识何。今先生之书则异是，盖能以二王之草法，融入汉人之章草，化板滞为流畅，精光四射，面目为之一新，而结体一仍其旧，规范斯在，为尤可宝也。先生生长于忻州，沐山川之灵气，得遗山之诗教，以绘事名噪南朔。予尝读其诗若文，均秀发有逸气。此卷八百五十字，连绵若贯珠，一气呵成，无懈可击，洵可谓之优入圣域者矣。诵厉樊榭之“清诗元好问，小篆党怀英”之句。遥企山居吾意欲之俱远矣。爱书所见，以求印可，幸先生进而教之。二〇〇三年三月晦日，四明弟周退密拜草。

周老赠我大跋后，遂即拨通先生电话：

“是周先生家吗？”

“是。”

“请周老接电话。”

“我就是！”我拿着电话，有些吃惊了，90老人，声如洪钟，铿锵有力，若非神仙中人，焉能如此精神健旺。我在电话中感谢老人惠赐大跋，并谈到施蛰存先生与周老的68件函札。周老说：“那只是施公在‘文革’后给我的。‘文革’前的均丢失无存了。”听声音，不无惋惜之感。最后我祝愿老人保重身体，健康长寿。

先生曾命我作画，有函云：“倘得一小幅法绘，作为家珍足矣。”长者之言，焉敢不从，遂画梅花一纸，献拙于先生。至癸未立秋，始得先生函件，方知先生曾因胆囊炎住院。沪晋千里，山川阻隔，未及慰问，深感不安。惠函附寄诗作二纸，其一为：

巨锁先生赐红梅小堂幅，率赋俚句奉谢：

一幅红梅远寄将，高情厚意雅难量。
昨来自觉衰颓甚，读画权当礼药王。
老树嫩枝疏着花，野梅合在野人家。
若非貌取凭知己，一任横斜映浅沙。

右诗作于今年六月二日，时正因胆囊炎住院三周后出院回家之际，故有自觉衰颓之语。旋于当夜急诊，再入院，直至手术摘除胆囊，故迄未写奉也。八月八日癸未立秋退密又识。

其二为：

垂爱劳良友，兼句积牍重。
侑觞新画卷，倾盖老宗工。
物作青毡守，珍当焦尾同。
小诗申悃幅，远寄托飞鸿。

病中荷巨锁先生撰联并书及惠赠法绘红梅小中堂，情谊稠迭，至为感激，率赋俚句，以求鉴宥，即乞吟正。九十弟退密更生后拜稿。

拙画一幅，竟劳先生费神，吟成三首，并抄寄于我，真是投之木桃，报以琼瑶。藏于箧笥，随时展玩，每每想见周老捻须吟咏之情状。

得此诗函，遂致谢忱，并将所藏贺兰山岩画拓片一帧以赠先生。未出月，又得惠书云：

隐堂先生侍右：奉月之望日手翰暨贺兰山岩画拓片乙纸，无任欣慰。弟素喜收集古刻拓本，惟岩画一门，当以此为创获，诚为石室中一大特色。欣喜之余，即写一跋尾，兹先将原稿乙纸附呈郢正，希不吝加墨其上掷还，以便打字，至企至企。秋虎可畏，未知尊地已能进入秋凉否？病后手颤，草草复奉，即请文安。弟退密顿首。八月十六日。

又《贺兰山岩画放牧图拓本跋》：

贺兰山岩画有狩猎、放牧、舞蹈等诸刻，曾见诸报刊介绍，为吾中华大西北之远古文化遗产。向往已久，亦淡然忘之久矣。日昨忻州市文联作家吾友陈君隐堂（巨锁）忽以拓本一纸见赠。衰年得此，为之狂喜不已。

岩画为阴文凿刻，与嵩山汉画像石刻之作阳刻者异。亦制作愈简朴，年代愈悠久之一证也。画中可见者：人二、马一、羊三。左起一人握长竿，从马背跃起驱策羊群，马张口而前，马前又一人握长竿徒行，意在束羊使之就列，以免散逸者。羊三头首尾相衔，行进中时时作回头状，形象极其生动。君于拓本空白处题诗“日之夕矣，牛羊下来”二句，盖明此刻为放牧而非狩猎也。爰为拈出，以著君之精鉴，不如仆之一览而过，泛泛不求甚解也。

抑仆又有言者，辛巳 (2001) 之春，君曾于役银川，亲临贺兰山下，目击岩画，有“观之再三，不忍离去”之语，其好古之情，殆如蔡中郎之于《曹娥碑》，欧阳率更之于索靖书矣。昔香山居士有云：“渐石破山，先观鑱迹，发矢中的，兼听弦声”之数语，以之移赠吾隐堂，可谓恰如其分际。君其莞尔一笑，受之可乎。二零零三年八月二十日。四明周退密，年九十更生后，书于海上安亭草阁。

读先生跋文，我不禁汗颜。贺兰山岩画拓片藏我处多时，实匆匆“一览而过”，其题句曾不假深思，亦顺手拈旧句书其上，仿佛而已，大略而已。而先生对岩画拓片，观察之细密，考究之精审，又将此岩画的形象逼真地再现给读者，这一切无不令我叹服。从中正可窥见老先生治学的严谨，行文的高妙。

随函尚附有《退密诗历》复印件二纸，存录诗稿 6 月 2 日二首，7 月 17 日至 31 日七首，8 月 2 日二首，8 月 10 日六首，8 月 17 日一首。于此，足见周丈与诗为伴，不废耕耘。愈感先生宝刀不老，诗思如泉。

周老好酒，见有句云：“我虽户名小，亦颇酒思汾”、“枯肠无酒润，闲坐听茶笙”、“酒中有深意，浅酌幸毋呵”……我生愚钝，得交周丈，自感幸甚，何日携汾酒赴沪上，一睹先生仙颜，把盏乞教，其乐何如。

先生与我诗、书（信）、题跋等已集录多多，从这些文字中不正可以读出周丈的道德和文章吗？行文之时，正值甲申上元夜，遥祝老先生体笔双健，童心永驻。（先生有句云：“镜中惟白发，心里尚童孩。”）

2004 年 2 月 5 日夜

虞愚先生与书法

常访名山古寺，偶涉佛教典籍，因明学教授虞愚先生的著述，则是我喜爱的读物。

甲子岁暮，远游闽南，于泉州得虞老诗作十数首，于客舍中，拜读再三，一种考定正邪、研核真伪的哲理充溢字里行间。于开元寺参观弘一法师纪念馆我为法师那种宁静、淡泊、疏朗、清雅的书法艺术所净化，连赏两日，不能离去。在这个纪念馆，我也第一次拜读了虞愚先生的墨迹，这是一件评介弘一法师书法艺术的手稿。虞老说，弘一大师的书法造诣精深，作品的最大特点是“静”、“净”。我以为虞老的书法艺术也是对这两个字的孜孜不倦的追求，尽管他早年潜心专研《三希堂法帖》，并请教于马公愚、于右任诸前辈，但得之于神韵形成虞老书法风格的，恐怕还是借鉴了李叔同先生的书法遗意的结果。当然也和虞愚先生是因明学家、诗人分不开的，他的书法艺术的内涵，不正是这些字外功夫吗！

乙丑季春，我于京华参加全国书法家代表会，有缘结识虞老，当时七十六岁的老人，精力充沛，记忆惊人，神采奕奕，妙语横生。应我所请，当场挥毫，立成对联三件。先生作书，铺纸染翰，略作思索，遂悬腕落笔，顿挫铿锵，收笔时，作跳跃状，凝神静虑，一气呵成。赏其所作，刚柔相济，巨细辉映，风格典雅，自成面目。

去年，虞老两渡扶桑，不独讲学因明，还应日本朋友所邀作书法讲座并当场作书："泰山作笔东海墨，龙蛇飞舞将何极？直从文字放光明，照破万方沉云黑！"这正是先生传道作书的追求和目的。

山岳峻拔　林木挺秀
——卫俊秀书法品读

一日午睡初醒，两眼尚处朦胧状态，忽见粉壁所挂书法条幅——卫俊秀先生所书薛能诗《峨眉圣灯》，顿觉山岳高耸，林木挺秀，莽莽空中，圣灯化现；游弋飘忽，稍稍而来，由远及近，由浊而清。有顷，灯尽烟销，复归林壑之美。及拭目细察，眼前尚是法书墨妙，嵯峨连冈之山，不复再见。忆昔往游峨眉，未能一睹圣灯奇观，每引以为恨，今偶从卫老墨迹中窥得个中图画，真庆幸也。噫，卫老之书，竟入画境矣，妙哉妙哉！

尝观卫老作书，右手握管，左手扶右手腕，聊制老臂震颤。但见凌空取势，戛然而下，运笔之初，不激不厉，如清风入隙，徐徐而进。继而，如山涧春水，乍缓乍急，溅花漱石，珠圆玉润。写到激情处，放笔直下，水墨淋漓，诚如黄河飞瀑，一泻千尺，浩浩乎，不可遏制。悬观巨制，气韵生动；进而审视，耐人寻味，犹对周鼎商彝，金错曲铁，铜花斑烂，古趣照人。再细品读，曲笔如弓，直线如弦。静如老僧入定，端坐古刹；动如骁将赴急，直刺沙场。文如骚人敲诗，朴似老农扶犁，不雕不饰，一任自然。先生之书，汩汩乎，心中流出，自非手腕挥运之能成。

卫老自幼聪慧，家学源渊，青壮之年，学业大成。岂料，五十年代初，因其著述，入“胡风集团”，放逐铜川，监督劳动，即归乡曲，仍遭白眼，继经“文革”，倍受荼毒，真可谓坎坷人生。然先生心怀坦荡，性情达观，身处逆境，不为所囿，能耐寂寞，自甘清苦。劳作之余，不废读书写字，观天书空，卧床画被，且常挑灯夜读，几不知东方之既白，寂寞与我何有哉。 日出而作，享山林之清气，交麋鹿为良朋，得淡泊宁静之心态，怨怒于我何有哉。面对高山大岳，偶悟篆、隶雄浑厚重之意，品读草木秀发，得助行、草华滋逸宕之态，正“睹物象以致思”也，与夫古贤见担夫争道悟笔法者，何其相似乃尔。先生之书，人生之轨迹也。

先生学书，不主一家，历代名迹，无不追摹，然对傅山，心仪最久，用力尤勤。而当握管，则无窠臼，于古，能离能合，前贤之法，为我所用；于己，心手相忘，随情挥洒，不知有我，何曾有法。笔者案头常置《卫俊秀书历代名贤诗文选》一册，洋洋乎六十余篇，正先

在汾酒厂，右起：林鹏、卫俊秀、常贵明、陈巨锁

生对“诸先烈事绩，感慨万端，思接千载，梦中相寻，不能自已”，起而形诸笔墨，以书法传“自宋至清六位高贤诗文的精义”，诚如先生在“自序”中所言：“一字一滴血，一滴血，使人深感诸公的廓然大公，不知有己，或以身殉国，或以身许国，坚贞豪迈，求仁得仁，把爱国主义精神、人生价值达于极致。”于此，亦可窥见先生人品之一斑。先生之书，品格之流露也。

先生居西安，我居晋北，虽山川阻隔，然书函时通，先生于我，多有教益，有问必答，有求必应。卫老寿登耄耋，不废挥毫，赏读近作，老笔纷披，愈见其妙，草此小文以贺先生九十寿辰。

追怀钱君匋先生

钱君匋先生的名字，早在20世纪二三十年代，因其在书籍装帧上的成绩，便享誉文坛。当鲁迅先生看到了钱氏所设计的封面，就给予充分的肯定和热情的鼓励，并将自己的译作《艺术论》、《十月》、《死魂灵》等本子请钱君匋设计。接着，茅盾、巴金、叶圣陶等也请钱君匋设计封面，一时间，“钱封面”的雅号不胫而走。其实，钱君匋用力最勤的却是篆刻艺术，他说：“我在二十岁左右，开始从事篆刻。”且毕生钻研，曾无间断，老而弥坚，成就斐然。观其大作，早年便崭露头角。正如黄宾虹先生所言：“君匋先生取法乎古锲而弗舍，力争美善，克循先民矩矱而广大之。”其后，沈尹默先生亦有诗相赞：“印人刻印派纷然，法秦规汉明渊源，中间宋元体变迁，细朱妙丽人所妍。何文花样从新翻，后来皖浙各有传。骎骎争度骅骝前，声名终竟归才贤，谁欤作者海宁钱。”

1972年后，钱君匋有感于鲁迅先生对他的提携，曾镌刻鲁迅印谱，历数年功夫，数易其稿，反复推敲，终成168方的《钱刻鲁迅笔名印集》，在鲁迅诞辰一百周年纪念活动中，是一份颇为引人注目的沉甸甸的贺礼。此集我不曾购得，深以为憾。1988年，我有阳关之行，十月间在嘉峪关逛书店，偶得一册《钱君匋篆刻选》，在寒馆客舍中，不时赏读，有如拾掇丝路花雨，令人怡悦，顿忘疲劳。

钱老一生治印甚富，仅为朱屺瞻先生一人就刊石二百多枚，于此，也足见钱老的勤奋了。

封面设计、篆刻之外，钱先生在文学、音乐、书画诸方面，均有颇深造诣，曾出版过散文集、诗词集、歌曲集和美术专著等多种。到晚年，在书画艺术上，更是笔不停挥，创作了无数弥足珍贵的艺术品。于当今文艺界，能如钱先生涉猎之广，造诣之精的大家，为数实在不多。

我与钱先生的结缘，是因了五台山。为《五台山碑林》征稿，我便致函钱老，先生行将访美，倚装命笔，为书一联，潇洒流美，隶楷中时见汉简笔意。碑成，我将拓片奉寄先生，钱老回赠我中堂一帧，是一首以乡思为内容的五言自作诗，诗情逸宕，墨妙典雅。我遂复函钱老，用致谢忱，并说“若有机缘，日后赴沪上，亲聆教诲，并一睹先生颜色”云云。此函札，有幸收入《当代书法家书信墨迹选》一书，记录了我与钱老的墨缘。时过数年，我不曾到上海，自然未能亲承先生謦咳。钱老年事已高，又应酬冗繁，近年来，我不愿再过多的打扰老人。但却常常念着先生，在报刊时见钱老参加书画活动的报导，便为之高兴，暗暗为他老人家祝福。看到先生将他收藏巨富的书法名画和他自己创作的艺术精品无偿的捐赠家乡桐乡君匋艺术院和海宁“钱君匋艺术研究馆”，先生却说“那是国家给我的荣誉”，令我感动不已，这又是何等的美德呢。

日前，代县李君正筹建一所经营文房四宝，开展书画活动的斋阁，我答应他，将破例请钱君匋先生为他题写一块匾额。函札尚未发出，钱老遽归道山，我心生发无限伤悼，遂寻出先生赠我的墨迹，悬诸粉壁，朝夕相对，以寄托一个不曾与先生谋面者的追怀和哀思。

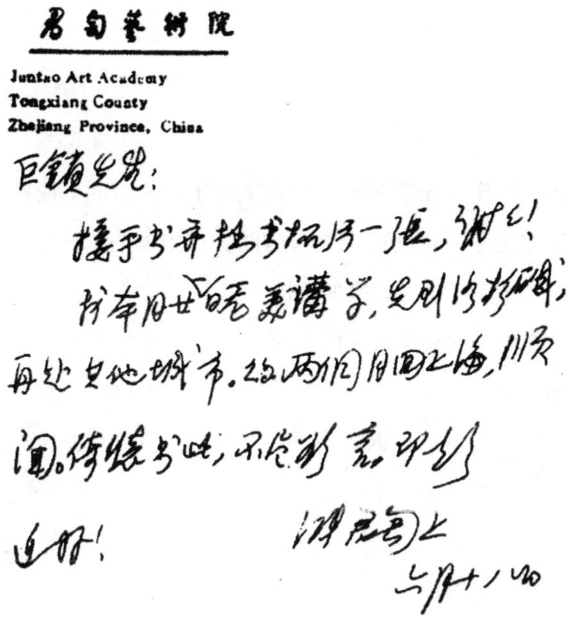

君匋艺术院

Juntao Art Academy
Tongxiang County
Zhejiang Province, China

巨镛先生：

接手书并挂书相片一张，谢谢！

我本月廿日去嘉兴讲学，遂到海宁，再赴其他城市。约两个月回上海，顺闻。倚装书此，不尽所言，即颂

近好！

钱君匋上

六月十八日

钱君匋先生手札

悼念董老

四月间，吴作人先生和梁黄胄先生走了，六月间，谢稚柳先生和董寿平先生也走了。不到三个月的时间，在中国的画坛上，竟失去了四位大家，这是何等令人痛惜的事情。

董寿平先生是我钦仰很久的画家之一，早在50年代，他的《红梅图》、《二朗山之晨》等印刷品，就给我留下了很深的印象。60年代初，我上大学，专修国画，山西省博物馆是我经常涉足的地方，在展室看见过不少标有“董寿平先生捐赠”字样的名画。我在欣赏作品的同时，对董先生的义举，油然起敬，把稀世的传家之宝捐献给国家和人民，是何等高尚的行为啊！

第一次拜访董老，是在70年代之初，时值“文革”，老人僦居北京和平里的斗室之中，受着造反派的监视，不时地遭到审查和批斗。当时董先生的心情自然是不佳的，然而对一个来自家乡的求教者，仍是热情接待，循循善诱，还将自己的十余幅黄山写生画稿拿出来，让我观摩，讲解外师造化的道理；同时又亲笔示范，阐说继承优秀艺术传统的重要性。一位年近七旬的老人，又身处逆境，不顾自身的安危，担着“传播封资修黑货”的风险，竟能如此认真地辅导一个素昧平生的青年，又是何等的感人至深啊！此后，我每到北京，都要叨扰董老，先生总是诲人不倦，侃侃而谈。每次访谈，那高尚的人品，渊博的学识，都令我如坐春风，如沐春雨。

80年代中，代县编写县志，在近代人物传中，欲立冯婉琳词条，受人之托，我随即致函董老，相询冯氏踪迹。未几，先生作复：

“巨锁同志惠鉴：顷辱手示，承询及先叔祖母冯婉琳事，兹分述如后，先祖昆仲三人，伯祖董麟，为刑部郎中，祖父文焕，行二，事迹见山西历代名人传，叔祖文灿，内阁中书，继娶代州冯氏，我幼年时，尚旦夕请安。叔祖夫妇，喜金石学。前清咸同年间，兄弟三人，皆官京师，时人有董氏三凤之目。先叔祖母诗，民国年间，曾刊入山西丛书，省图书馆即有印本，极易查阅。吾家自我高祖董得昶以下，均见洪洞县志。先叔祖母冯婉琳，于冯鲁川为本家，并为汉学家王轩弟子。特此奉复，即请撰安。董寿平”

在中日友好医院探望董寿平先生

此函札，不独为查寻冯婉琳事迹提供了线索，也是研究董氏家族的一份珍贵资料，同时又是一份精美的书法艺术品。睹物思人，已成隔世，不禁悲从中来。

1990 年 10 月，“董寿平美术馆”在晋祠揭幕，董老将他平生创作的书画精品 200 余件，再次无偿地捐献给家乡人民，实现了老人“画图留给人看”的宿愿。笔者躬逢其胜，得以和董老晤谈，老人显得特别高兴，他说：“在我的人生旅途中，这算是一件值得欣慰的事情。”

1992 年 4 月，因“纪念续范亭将军诞辰一百周年全国书画大赛”事宜，我应主办单位之托，赴京请董老题词，及到京，知老人在春节前因病住院，我们随即到中日友好医院康复楼探望。相见甚欢，先生气色很好，精神健旺，一如往昔情状，本不拟再求董老题词，又说出口来，老人欣然同意，并立即理纸染翰，然病室之中，并无书案，先生便让我们手提纸角，令纸悬空，老人近前略一思索，便放笔直书，先书四字，未能称意，一面摇头，一面说道：“不好，换纸。”我们又悬一张四尺整幅雅纸，老人再一审视，重书八字“松柏气节、云水襟怀”复题上下款。此作摘自毛泽东挽续范亭联语。八九老翁，凌空挥毫，所书神完气足，笔精墨妙。于此，亦可窥见先生对书画艺术精益求精的创作态度。同行者，对董老表示再三感谢，老人说：“不谢，不谢。续范亭将军为抗日，曾往中山陵剖腹明志，那是我们山西人的骄傲，家乡的事，我尽力办。”临别，董老还赠我一册日本出版的豪华型《董寿平书画集》，并在卷首题写了“巨锁仁兄惠存”等字样。展对墨迹，犹昨日事，先生遽归道山，令我伤悼不已。

同年 9 月，我参加“山西友好书法访日团”，离京之前，去看望董老。先生甚是高兴，正谈话间，突然站起，并说：“请稍候，我去去

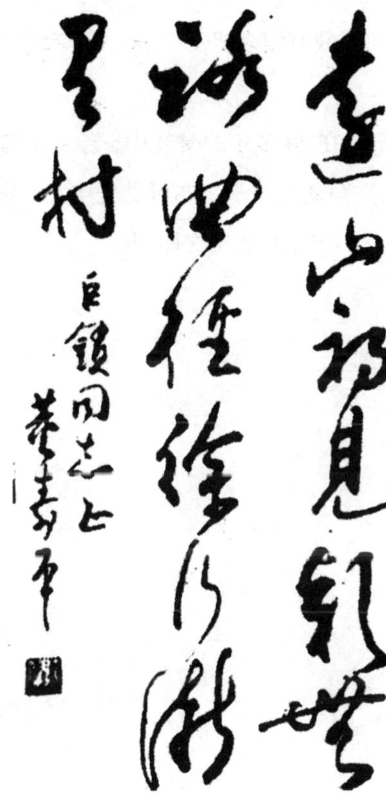

董寿平先生赠字

就来。”十数分钟后，先生归座，他说：“我已经和大阪的朋友通了电话，到日本后，他们会周到地接待你们。”又说：“我们山西的书画水平不低，只是胆子小，和外面交流不够，宣传也跟不上。你们这次出访，把山西的书画艺术推到国外去，是大好事。在日本遇到困难，给我来电话。日本朝野，我有很多朋友。”这便是董先生，不管大事小事，总是以助人为乐事。

先生大我 35 岁，在 20 多年的交往中，给我的教益是极大的，给我的印象是极深的，写此二三事，亦可见先生之一斑。董老走了，痛悼之余，惟努力精进，方不负先贤之厚望。

“左书”费新我

费新我先生的名字，大约在三十年前我上初中的时候，就熟悉了。当时我爱美术，而费先生所著《怎样画铅笔画》、《怎样画毛笔画》等美术普及读物，便成了我的良师益友。后来先生以内蒙人民生活为题材而创作的草原风情画卷，如《挤奶图》等作品，都给我留下了深刻的印象。到七十年代初，先生的“左书”名声大著，其书作，结字奇拙多姿，运笔跌宕潇洒，用墨干湿相映，布局错落有致，一种别开生面的书风，不禁使人钦羡。

1975年秋，我随山西书展到杭州展出时，经道苏州，便在一个细雨空濛的日子里，我去拜访了费新我先生。当时已年过七旬的老书家，看上去，却十分健康，也很健谈，对一个年轻的求学问道者，随和恭谦，平易近人，并为我解难释疑，深入浅出的介绍学书之道。

费老，原名省吾，后改为新我，字立千，1903年生，浙江吴兴人。先生是美术教育家、画家、书法家，正当功力深厚，精力充沛的创作之年，不幸的是在先生五十六岁的时候，右手患了结核性腕关节炎，不能再挥毫创作书画了。这对弱者来说，无疑是艺术生命的终止；对强者来说，却要争取闯出一条生路来。自此，先生再用左手练起书法来，他钻研颜书，二爨、龙门、汉隶、秦篆、章草诸碑帖，在学习传统的基础上形遇迹化，融会百家，自出机杼，创造出自己全新的面目来。费老通过孜孜矻矻数十年的努力，终于获得了成功，不独在国内书坛上独占一席，享有盛誉；前年在日本的东京、大阪举办个展时，也获得了高度的评价："费新我先生不仅是一个艺术家，而且是一个哲学家，是一个有志之士。"去年先生赴美国归来，为我所作一幅，古拙厚重，典雅质朴，亦先生晚年之精品。

九月初，我在郑州参加国际书法展览开幕式，有幸又遇上费老，八二老人，身体还是那么硬朗，神采奕奕，精神矍铄，我向老人祝贺；"费老不老，左笔长健，古藤老桧，争奇斗妍。"

谁能料到，这位"秀逸天成郑遂昌，胶西金铁共森翔，新翁左臂新生面，草势分情韵更长"（启功诗）的左翁，竟于 1992 年 5 月 5 日与世长辞了，讣告邮来，追悼会已经开过，我只能展对先生的墨迹，默默的致哀了。

1992 年 10 月

王学仲先生在忻县

我自幼喜爱书画，对津门画家刘奎龄、刘子久、萧心泉、王颂余、孙其峰、孙克纲、呼延夜泊诸先生的名字，就甚为熟悉。在报纸杂志上，不仅能经常欣赏到他们的绘画作品，也不时读到他们介绍技法的文章，其文大都深入浅出，无丝毫玄奥晦涩之感觉，对于一个初学者，我受益良多，至今难忘。

其中的呼延夜泊，便是当今的书画大家王学仲先生。

王先生，山东滕州人氏，幼承家学，熟稔经史章句，尤耽书画，启蒙于“老表哥”寄庵，勤于学，业日进，能诗、能画、能书、能文，小小年纪，便称誉乡里。40年代，就读于京华美术学院，师事徐悲鸿、吴镜汀、容庚诸大家，并问道于齐白石、黄宾虹。诗书画，卓然成家，徐悲鸿曾以“三怪”誉之。先生今为天津大学教授、日本国立筑波大学客座教授，兼任中国书法家协会副主席以及连他自己也数不清的诗文书画名誉头衔。在艺术创作上，造诣之高，每令海内外人士所注目，遂于1992年在北京人大会堂召开了有9个国家和地区40多位人士参加的“王学仲艺术国际研讨会”。专家学者对其“东学西渐，欧风汉骨”的立论多为服膺。去年，又荣获“第四届世界和平文化大奖”，为社会文化和东方艺术的传播作出了突出的贡献。就是这位艺术家，在 40 多年前，路经忻县时，发生了一件令先生不快的事情。

1954 年夏天，29 岁的王学仲，偕雕塑家张建关（曾参与天安门纪念碑的雕塑工作）和山东国画家于希宁先生，在大同云冈旅行写生后，拟往五台山，便取道忻县，在忻之日，浏览古城，速写城门，偶见一架老式马车，造型生动，颇可入画，遂研墨理纸，对物描绘。正当先生聚精会神作画之时，不意在围观看客之中，忽出一人，硬说画家画了兵役局的地图，立即没收其画稿，并收缴了工作证和车票，又将三位画家一起带到公安局，盘问再三，鉴于张、于二位当时未曾动笔，予以放行。而对学仲先生怀疑无误：一是他画了马车，而马车当时正停靠在兵役局墙外（画家又何曾知道墙内是兵役局）；其二是他画了车站的旅客小店，车站是不准照相的（王先生又哪里知道小店距车站还有数十米，尚能拉上关系）。身在他乡，有口难辩，遂以画地图、搜集情报为罪名，旋被关入破旧老屋，与殴斗者为伍，和扒窃者共室，拘留三日，县公安部门通电天津大学，方得释放。

先生在忻遭此不幸，虽心情沮丧，又不愿此次旅行写生半途而废，心一横，便乘坐马车上五台。先后寻访了南禅寺和佛光寺，还勾摹了佛光寺施主宁公遇的塑像。正拟深入台山腹地，忽有校方金牌见召。先生匆匆回津，时值肃反运动方烈，终因在忻有“搜集情报”之疑，便列入“审查”对象。到此地步，只能受惩。在一次全系的批判会上，学仲先生的团籍就糊里糊涂地丢掉了。时过一年，方得平反，问题究竟何在？当时谁又能说得清楚呢。

斗转星移，王学仲先生已逾古稀之年，但与我在信中谈及此事时，似难于平静，他说：“给我的青年时代蒙受了难于平复的创伤，所以一直没有忘掉忻县这个引发创伤的地方。后来提及忻县这个名字，就有些触痛伤疤一样，所以五台山一直未再去过。”我便回复先生说：“四十多年过去了，忻州发生了重大的变化，五台山一年一度的国际旅游月，更是盛况空前。忻县的过去对先生曾有抱愧的地方，‘道歉’只是一句廉价的用语，我不必也不能请先生原谅，只求先生抽暇光临忻州，一游五台山，但愿文旌早发，忻州有关领导，甚是欢迎；书画同仁，有盼得瞻风仪，以求教诲也。”

先生若能成行，当感忻州与四十年前是何等的变化啊，笔者也将有短文相续，又是何等的快事啊！

忆访罗铭先生

春节前，整理杂物，在师友的书札中，偶然发现罗铭先生的一幅未署款字的《华山图》，引起了我的一段回忆。

我从小喜爱绘画，罗铭是我很早就心仪的画家之一。在我上初中的时候，罗铭与李可染、张仃在京举办山水写生画展，引起轰动，报刊杂志多有报道。三位画家各具特色的作品，给我留下了深刻的印象。后来，我上大学学美术，又看到了《罗铭访闽粤侨乡写生画集》，对先生“本六法、参西学”，兼融中西绘画的风格，尤为心折，遂私淑之。

1976 年 11 月，打倒“四人帮”未几，我因公赴陕，道经华山，便顺路攀登，在冰天雪地里，在零下 27 度的气温中，硬是“呵冻”作水墨写生画十数幅，因感风寒，曾卧病临潼。待抵西安后，即携拙稿谒访时在西安美术学院执教的罗老。时年 64 岁的罗老，很健康，也很健谈，又甚风趣，所以我在他的画室里并不感到拘束。而且满屋的书画名作，令我目不暇接，犹如步入了展览会。记得当时看到的有齐白石 90 多岁时所作的“老来红”，魏紫熙的“黄山”，白雪石的“阳朔”，以及王个簃和费新我的书法作品。费老所作条幅的内容是著名的诗句：“愿乞画家新意匠，只研朱墨作春山。”罗老还向我展示了一本册页，皆当代名家所作，有齐白石、潘天寿、李苦禅、李可染、胡佩衡、吴镜汀、秦仲文诸先生的花卉和山水。

待我呈上华山写生画稿时，罗老逐一审视，他说："这是'五里关'，这是'青柯坪'，这是'朝阳洞'，这是'苍龙岭'，这是……"足见罗老对华山诸景点的谙熟。他说他对华山情有独钟，十几次登临写生，得画稿不计其数。对我的写生画，他先作肯定，予以鼓励，然后告诉我写生画"既要尊重对象，又不能受对象的束缚，要敢于夸张，敢于突破"，"仔细观察，勤于实践，自然会有感悟，在不断总结中，会画出好的作品来"。罗老从橱柜中取出他自己的一大卷已托裱好的水墨写生画，让我观摩，使我眼界大开，深受启发。这些写生画中还有"难老泉"和"五台山"等我们山西的名胜。罗老说："我到过贵地，你们那里的风景是很美的，可惜去的时间太短了。"我说："欢迎罗老在方便的时候，再到山西作客。"罗老说："一定！一定！"

罗铭先生画作

我请罗老作画示范，

他取出一张三尺单宣，裁作二条幅，展于画案，拣一枝小狼毫，略一思索，便染翰挥写，但听得纸笔相交，瑟瑟有声，老辣而迅捷的运笔，或点垛，或皴擦，转瞬间，山石、流泉、丛树、老屋……在洁白的生宣上幻化而现，一幅气势壮阔而风格苍浑的《华山图》跃然眼前，令我大饱眼福。罗老却说："久不作画，此作未能称意。"遂又取另一条幅，重新染翰，未画几笔，又搁笔道："不成！不成！我给你画幅麻雀留念吧，我当年在南洋可有'罗雀'之誉呢。"罗老谈笑间，画了一幅十分生动的四尺三裁的《竹雀图》赠我。又说："这幅华山图，画得不成功，你可拿去作参考，但不签名。"罗老这种诲人不倦的精神和严肃认真的创作态度，令我感动不已。

20多年后的今天，重新欣赏罗老无款的《华山图》，我不禁浮想联翩。仔细品读，发现这其实是一幅画法高妙、布局严谨、境界幽邃、气韵生动的佳作，遂欣然为之敷色，并题俚句于其上："崎峰壁立压潼关，老树岩花冷云间。世上多少涂抹手，何曾梦见罗华山。"当年罗老因画华山而驰名海内外，曾赢得了"罗华山"之美誉。

时值罗老辞世五周年之际，谨草短文，芹献于先生在天之灵吧。

2003年5月20日

山阴沈定庵

说起来已是30年前的事了。早在1975年10月，我初次到杭州，公干之余，便纵情于西湖的风景，竟日徜徉于湖畔的名胜古迹中。约略是岳庙的一副抱柱联，让我流连忘返。瞧那书法，端庄的结体，开张的气势，沉稳浑厚的笔姿，一派伊秉绶的气象。仔细品读，楮墨间又流露出几许邓石如和赵之谦的意趣，煞是引人注目。下联有“山阴沈定庵书”六字小款。这“沈定庵”是谁？我却前所未闻。在西泠印社“观乐楼”的笔会上，我有幸见到了浙中名宿沙孟海、诸乐三诸前辈，请教之余，也了解了一些沈定庵先生的情况。

这是一位生活和工作在绍兴的书家，幼年在其先德华山公的影响下，研习书画，对伊秉绶书体情有独钟，得《默庵集锦》，朝夕摹写，几忘寒暑。后师事徐生翁，成为徐氏的入室弟子。在老师的指导下，遍临《张迁》、《衡方》、《华山》、《西狭颂》、《石门颂》诸刻石，探本求源，陶铸百家，取精用宏，为我所用。对乃师，师其心而不师其迹。久之，遂成自家面目，为越中一大书家。

自杭返晋后，我便在书法杂志等刊物中留心沈先生的作品。每有所见，总会用去一些时间去赏读，那含蓄、蕴藉、耐人寻味的特点，

在绍兴访沈定庵先生

便是先生书法的魅力所在吧。到1985年5月，我赴京参加中国书法家协会第二次会员代表大会，会上初见沈先生，得以识荆，奈何相见匆匆，未能畅谈请益，引以为憾事。

到2000年9月，因应邀赴沈阳参加中国书法艺术节活动，在下榻的宾馆，再次邂逅定庵先生。某日晚，先生到我的客房小坐，并以大著《沈定庵书法作品选》、《定庵随笔》等见赠，这令我十分的不安。沈先生长我十多岁，我还未来得及去拜访，先生倒先来了。但见沈先生浓浓的眉毛，眉宇间十分的宽绰；高高的额头，放着光彩；一脸的微笑，双眼常常眯成一条缝儿，给人以亲切慈祥而又恭谦平易的感觉。说话的声音，则响亮得似洪钟，充溢着热情和力量。次日晚，我回访了沈先生。当时沈先生正在为本楼层的服务员书写条幅，写完一幅，又写了一幅。当两个女孩子欢快地持字而去时，沈先生对我说："她们也不容易。每日为大家打扫卫生、整理房间，辛勤劳作，很是勤快，也很辛苦。我写幅字，算是对她们的感谢吧！”说着，脸上又漾出了笑容。先生的作为，委实让人敬佩。当今时代，书法已进入了市场，沈先生能为宾馆的工作人员无偿地作书，这种精神是何等的可贵，即此一端，亦可窥见先生人品的高尚了。

在沈阳的互访中，我和沈老才真正地熟稔起来。书法艺术节期间，我们参加笔会，相偕游览。散会后，先生飞往浙东，我回到晋北，两地虽山川阻隔，见面甚少，而书信往来，电话问候，则从未间断。特别是每逢年节，沈先生总以自制的贺卡相赠。我把那精致的贺卡置诸书架上，看到它，就如同面对笑容可掬的沈先生。

沈先生曾先后两次让我为他的书斋“梅湖草堂”和“仰苏斋”题额。我深知自己书法水平的稚拙，但长者之命，不敢有违。这也许是沈先生对年轻朋友的一种鼓励和提携吧。先生亦曾以他的书法大作赠我。某年中秋节前，忽然收到先生条幅，上书东坡词句:“但愿人长久，千里共婵娟。”遂悬诸隐堂，对之出神，一时间，先生挥毫作书的情景便幻化在我的眼前。

先生好酒，每置花雕一壶，茴香豆十数粒，霉干菜拌千丝一小盘，独自把盏，适然而饮，酒至半酣，偶然欲书，遂命笔染翰。其时也，不知有我，何曾有笔，心手两忘，下笔任情。漫书三五纸，或篆或隶，或楷或草，皆见酣畅淋漓，大朴不雕，得入“有法而无法”之圣域。

沈先生的书法，还有另一种面目，那就是作字十分认真，用笔矜慎，一丝不苟。我案头有一册先生签赠的《药师如来本愿功德经》印本，是先生应杭州灵隐寺之请，用一年的时间，恭书而成，而后刻石，镶嵌寺中。后广东六榕寺住持云峰法师，得见石刻拓本，遂又复印，广赠善众。此作笔调从容，法度严谨，字里行间，又流露出一种清静安详的气息来，给人以法喜，给人以禅悦，这大概是先生沾溉了佛法的缘故吧。沈先生是一位虔诚的老居士，他亲近大德高僧，诸如丰子恺、广洽法师、云峰法师等都有交往。偶栖天台国清寺、杭州灵隐寺、广州六榕寺、湛江清凉寺。所到之处，皆留笔墨，或为楹联，或为匾额，或为碑碣，更有摩崖刻石。我好旅游，凡佳山水间，时见沈先生的笔迹。去年行山阴道上，更是随处可以欣赏到先生的题刻，它竟成了绍兴的一道新景致，真让我大饱眼福。

日前，又在电话中听到沈先生的声音，八十岁的老人了，声音仍是那么的洪亮，底气十足。先生告诉我，他将在近期到中国美术馆举办个人书法展览。我为之高兴，遂草此短文，以为祝贺。此展览当会给北京的盛夏带去一缕稽山镜水的清凉。

2006 年 7 月 20 日

旧笺情思

迁新居，整理旧物，得师友函札，数以千计。其中不乏文坛耆宿之手泽，也不乏艺苑大家之墨妙。每一展读，情思难禁，遂检理数则，亦算对诸位先贤大德的追怀和纪念吧。

冯建吴一札

1982 年 4 月，我有四川之行，到成都之时，“冯建吴诗书画印展”刚刚结束，无缘拜读，颇感遗憾。自峨眉山写生归，经道重庆，我便携拙作到黄桷坪四川美术学院谒访冯先生。冯老是我久已钦仰的画坛前辈，他为联合国中国厅创作的大幅山水画《峨眉天下秀》，是书画界同仁们经常乐道的恢宏巨制。

在“蔗境堂”中见到了冯先生。室内光线似乎有点幽暗，也许是访问之日，适值细雨如丝，加之窗外绿树婆娑。深广的屋檐下悬一匾额——“蔗境堂”三字，豁然醒目，大漆乌黑底，雕填石绿色，乃冯老自书也。画室内陈列有序，一尘不染，先生坐拥书城，见客来，略一起身，便见气喘吁吁，几声咳嗽，缓缓说道：

“我有肺气肿，实在对不起。”

“不知冯老有病，今冒昧打搅，十分抱歉。”我有点歉疚的感觉。

“不妨事，我只要少行动，慢慢地说话，还可以。这肺气肿是老毛病了。”先生说着为我泡了一杯清茶，热气悠悠地蒸腾着，室中更感静寂。冯老开始仔细认真地翻阅着我的峨眉写生画，连说：“要的！要的！”我请先生提具体意义，他说：

“人生有涯，艺无止境。画山水就得外师造化，不断地到大自然中去体察实践，不独要多画，更重要的是细致的观察和领会，对景写生，可以‘移山倒海’，取舍提炼，在不违反自然规律的前提下，随心所欲，临见妙裁，这样完成的写生画，就不是自然面目的翻版了，而已进入了艺术的创作。”先生的话，说的低而慢，恰如屋外的春雨，丝丝注入了我的心田。因冯老身体欠佳，我不便更多搅扰，便欲起身告辞，先生对我厚爱，临别惠赠小幅梅花一开，朱砂点瓣，生铁铸枝，古艳中透出一缕清幽。又题句其上：

千花万萼闃春阳，
老干盘拏意态张。
取得一枝入图画，
几回袖手绕长廊。

一九二八年（为一九八二年之误）新夏，巨锁同志入蜀，写此为念。冯建吴。

钤“太虞”白文、“七十不稀”朱文二印。这便是我第一次访问冯老所受到的礼遇。

由川返忻后，我写了一封对冯老的感谢信，并寄上我们地区所办的文艺刊物《春潮》杂志数期，请先生指导，并希望冯老能为刊物作一幅封面画。冯老没有以大画家的姿态拒绝小刊物的希望，而是支持了我们，寄上一幅山水画，并给我附上一札：

巨锁同志：

你好！信和《春潮》刊物早接到。我不久前方由西安参加胞弟石鲁的追悼会回校。贵刊83年封面需要我的画，现寄你一幅，即作为赠送你的，你看能否刊用？我感整体感不够强，不大满意。后有机会，参观五台，一定来拜访你。不详叙，即祝撰安！

冯建吴十月二十日晚

一位曾经为人民大会堂、钓鱼台国宾馆、国务院中国画研究院等单位创作了数以百计艺术品的著名书画家，竟表现的如此谦虚，在艺术上精益求精的创作态度，对我们这些晚生后辈的教育是何等的深刻呢！

这封信，也使我想起了“长安画派”的领袖人物石鲁，以及他在“文革”浩劫中遭受迫害的种种传闻和轶事，不禁悲从中来。

1985年5月，我赴京出席中国书法家协会第二次会员代表大会，在会上又邂逅冯老，他的身体似乎比以前好多了，我在先生的下榻处向冯老请教，此次谈得更多的是书法，先生重视传统，更求出新，正如他的书法作品，既可见汲取前人名碑法帖的轨迹，却又形成了自己的独特的面目，刚健婀娜，风姿绰约。评者谓：在吴门书派中，冯氏

“自拓堂庑，别张一帜”。品其大作，诚然不虚。

1986 年，我在太原举办个人书画展，冯先生为我题词：

三绝风流粹一堂，铸熔今古出新章。

养疴使我移情绪，艺苑长教意气扬。

这是先生对我的鼓励，为此，我当以加倍的努力，以不负先生的厚望。

后来我和冯先生通过几次信，却没有再见过面。到 1989 年 10 月，受成都市书法家协会的邀请，我再次入川，某日，在杜甫草堂笔会后，大家于浣花溪畔的一家竹楼上聚餐，酒至半酣，安徽省的两位画家说，会后他们将到重庆一游，我说：

“诸位到渝后，当一访冯建吴老先生，那可是一位人品和艺术兼优的大家呢！”不料，成都的主人告诉我：

“冯先生走了，是今年 2 月份病逝的。”突然的噩耗，竟使我有点哽噎了。先生故去已有半年多的时间，我竟连一点音讯也没有得到。我陷入了沉沉的回忆之中，也因此话题，同桌的书画家便很少下箸和举杯了。散席后，我怏怏地走下竹楼，心里沉甸甸的，似乎被压上了一块石头。

冯建吴 (1910—1989)，字太虞，别字游，四川省仁寿县松林湾人。生前是四川美术学院教授，有《冯建吴画选》、《山水画技法基础》等出版行世，有电视专题片介绍其艺术生涯。

徐无闻三札

我和徐无闻先生第一次见面大约是在1986年秋天，我到烟台参加中国书协二届二次理事会，徐先生出席云峰山刻石学术研讨会，大家同游登州蓬莱阁，共访掖县（今莱州）云峰山，访胜探幽，觅古摩碑，收获不小，玩得也够尽兴的。到1991年岁尾，我们都出席了在京召开的中国书协第三次会员代表大会。那次会议，时间很短，主要是理论学习，听取形势报告，虽然也进行了换届选举工作，采取的形式则是上边提名，代表举手表决，鼓掌通过。选举程序完成，领导班子自然也就产生了，然而大家私下议论，对选举还是有点意见的，这“私下议论”又犯了自由主义的毛病。记得见到徐无闻先生，还是那身简朴的衣着。瘦小的身材，着一袭灰色的中式罩衫，戴着那顶半旧的鸭舌帽，浅驼色的围巾，从中一折，双折裹在颈项上，那围巾的短穗头从打折处钻了出来，静静地散落在胸前。每次大会，总是看见徐先生坐在最后一排的拐角处，很少能听见他的声音。或者是因为冬天的缘故吧，大家总打不起精神来，谈话也似乎缺乏气力。会议一结束，朋友们便劳燕分飞了。然而，我与徐先生的交往却不止于此。

记得1990年，我征集五台山碑林的书件，曾致函徐先生，邀其作字。未几，便收到了先生的书法大作，这是一件六尺整幅的行书作品，也许是因为先生忙于外出，书法大作上竟忘了钤盖印章，抑或是受了蜀中名宿谢无量的影响，书件上往往有不加盖印章的习惯。先生寄字，附一简札：

巨锁先生书家惠鉴：

手教敬悉，猥蒙不弃，命为五台山书碑，因明日即率研究生去山东考查，百冗繁集，草草援笔，未能求工，今寄呈法正。三晋实吾华夏文化渊源所在，五台为世界佛教圣地之一，向往已久，无缘来游，甚为遗憾，故无从自撰诗词，倘明后年贵省有古代文学或书法方面聚会，届时祈鼎力照拂，惠函示知为幸。匆匆不尽。

即颂

艺安！

徐无闻再拜

1990年6月30日

此为第一札，宣纸行书墨迹，洒脱自然，书卷气溢于楮墨间。

徐先生有游台之意，到1992年五六月间，适有友人托我邀请五六位书家到五台山举行一次小型笔会，我便致函徐先生，约请他届时赴会。便收到了徐先生的第二札。此函件写在特制的“徐无闻笺”纸上，笺纸有浅兰色乌丝栏，甚是典雅，其书行楷参半，不加句逗，依照古人函札格式，极为严谨，是一件难得的书法精品，兹以原式抄录如后：

巨锁先生书家惠鉴顷奉

三月二日惠书极承

厚爱邀游五台实我夙愿但五月下旬研究生七八毕业

论文答辩导师不能离校六月上旬北京高教出版

社与欧阳中石先生将来敝处召开大学书法教材

定稿会我作东道亦不能缺席难副盛意又负名山

失此良缘甚为遗憾明后年倘有类此机会亦望

执事不遗在远先期赐示是幸

别有恳者北魏程哲碑旧在贵省长子县我因撰寰

宇贞石图叙录需知其现状若尚存具体地点在何

处若已毁则毁于何时特请教于

先生敬祈

费神赐复至盼至感专此奉陈敬候

文安

徐无闻敬上 四月七日

徐先生总是忙，教学、著述、还有无休止的书法、篆刻应酬，对五台山向往良久，终不能成行，自然留下了深深的遗憾。关于所询程哲碑的现状，我作为一个山西人，又竽列书家行列，竟是一无所知，便询之长治市博物馆的同道，亦无能答复，后又致函山西画院院长王朝瑞，请他到古文字学家张颔先生府上代为请教，才知道，此碑在“文革”前已移回省城，立于博物馆中，浩劫中匍匐地下，幸免遇难，现尚无恙。我将程哲碑的状况函告徐先生，他当为之幸慰的。

1993年春天，忻州举办了一次书事活动，我特约徐先生写一幅字。徐先生很快寄给我书法大作及致我的函件：

巨锁先生：

你好！我自春节起，即因病滞居成都自宅，小儿由北碚转寄大函，数日前才到。今遵嘱写五台山诗中堂一幅并奉贻先生条幅一件，敬乞教正。我五月四日，即返重庆，复示请交重庆北碚西

南师范大学中文系。邮编630715

专此奉陈，即颂

文安！

徐无闻再拜 四月二十九日

5月初，我收到此札，得知徐先生身体欠安，以为是偶染小恙，或为感冒之类，便在复函中，希望他认真治疗和精心调理，当会很快康复的。那能料到，6月20日，先生竟辞世了。看到讣闻，令我难以置信，然而无情的事实，只能残酷地折磨生者。我成俚句一首，以寄托对徐先生的哀思：

蓉城飞鸿才到眼，先生便作隔世人。

一自书坛丧国手，怕见遗墨转少亲。

确是如此，先生去了，他走得太快，又是英年早逝，才62岁呢，他原名徐永年，后因其耳背，才改名为无闻，耳背就耳背吧，何以要改名。

徐先生是一位教授、学者，所育桃李，下自成蹊；观其著述，硕果累累。单就书法篆刻而言，启功先生曾有高度的评价。当今书坛，如先生功力深厚，品位高雅，学识渊博者，能有几人。

顾廷龙一札

8月22日，顾廷龙先生以95岁的高龄辞世了，我套用邓云乡先生的一句话，悼念先生，似无不可，邓说："顾颉刚先生于88岁离开人间，虽说寿登耄耋，但也不能不说是中国学术界的一大损失。”顾颉刚是顾廷龙的“老侄”，但侄儿比叔父的年纪大出了一大截，早在顾颉刚执教于燕京大学时，顾廷龙还是燕大的一名学子。

我知道顾廷龙先生的名字已经很久了，是在30年前的60年代，中国首届书法代表团出访日本，就有顾先生，还有潘天寿等几位书画大家。后来也偶尔看到过顾先生的书法大作，多为篆书，点画不苟，十分严谨，一种静穆典雅的面目，令赏读者愉悦，也时见先生为一些典籍的封面题签，则多为楷书，有苏东坡和赵子昂的笔意，又流露出深厚的魏碑的底蕴，温文尔雅，为那被题的典籍增加了艺术光彩和提高了文化品位。待读到顾先生的文章，包括他写的一些序跋，我才感觉到先生学问的深邃，哪怕是一段小文章，都令我爱不释手。

还是在1987年的时候，我曾致函顾廷龙先生，恳请他能为五台山碑林写一幅字，并将陆深的诗《取道南峪口雨后上五台山》抄寄先生，时过很久，未见回音，我以为顾老年事已高，恐不能满足我们的要求了。因为我知道，名人的书画债，即使一辈子不停地挥毫，也是无法还清的，更何况顾老作字又特别认真，写起来自然是很辛苦的。

一日，忽然接到北京来函，是顾先生寄我的大札，并附上法书大作，当时真有点喜出望外的感觉呢。

巨锁同志：

曩奉台示，敬悉属书陆俨山入台诗，栗六久稽为歉，近来首都，稍事休息，较有暇闲，因遵书一幅奉教。拙书不堪印布，聊以留念。匆请撰安。

顾廷龙　4月5日

读上札，亦可窥见顾老人品之一斑，是年先生已是85岁高龄，在上海无暇完成的书件，遂将我抄示先生的诗稿，携至京华，趁在京休息的当儿，书成四尺整幅寄我。仰观大作，行楷相间，点画精微，意韵简古，质朴自然，耐人品读。欣赏之际，我忽然联想起曾读过的胡适为顾廷龙先生尊公竹庵留下来的一段墨迹上的题字：

“程明道作字甚敬，他说，非欲字好，即此是学。我在儿童时读朱子小学，记得此语，终身颇受其影响。今见竹庵先生病中遗墨，一笔不懈不苟，即是敬的精神。胡适”

顾先生所书的字里行间，也无不看到一种敬的精神，正是承接着一种优秀的传统。我们悼念顾老，就是在治学、做人上发扬他那种认真、严谨的精神。当今书坛，有人高谈艺术，认为老一辈书法家只是进到“写字”的阶段，还未跨入“艺术”的范畴，请问这些高谈阔论者，你可跨入了会“写字”的门坎儿？东倒西歪，矫揉造作，以粗糙为创新，以变态为时髦，“艺术”果真若此，“艺术”当消亡矣。

钵翁墨迹

早在20年前，我的办公桌玻璃板下压着一幅书法作品的印刷件，是潘受先生题赠苏渊雷先生的手迹。潘先生是新加坡的书法国手，在新加坡书坛上，坐着第一把交椅，一派何绍基的风韵。我曾有评云："余观潘受先生之书法，厚重秀拔，品格不凡，远窥颜平原之堂奥，近得何子贞之风神，笔精墨妙，共仰千秋，偶发清思，或见古稀老人挥毫之倩影也。"拙文曾被黄葆芳先生转录，刊发于新加坡的《南洋日报》上。这已是上世纪80年代的事情了。而当时对苏渊雷先生，则不甚了解，可见我的孤陋寡闻了。到1987年9月，我适普陀山，普济寺设素斋款待我们这些自五台山而来的客人（当时举办"五台山、普陀山书法联展"），于方丈室正壁上悬挂着苏渊雷先生咏普陀山四绝句，是题赠妙善法师的，不独字写得神采飘逸（赵朴初极赞钵翁书法），那诗确是"七绝精警似遗山"（朱大可评苏渊雷诗作）。这诗书妙品，令我眼前一亮，品读再三。询之左右，对苏先生才有了初步的了解。

苏渊雷，字仲翔，晚署钵翁，浙江平阳人，1908年生，早岁参加革命。抗战期间，在重庆，与马一浮、章士钊、沈尹默、谢无量诸公游，深受教益。解放后，执教上海华东师范大学。1958年，右派加冠，流放辽东，后于役哈尔滨师院。1971年被迫退休返籍。浩劫结束，沉冤得白，重登华东师大教席。先生执教之余，著述不辍，书画之作，更为余事，其诗文，无不为人所重。

我自舟山返晋后，特致函苏老，为五台山碑林敬乞墨宝。时过一年，未见回音。深知老人年事已高，且应酬冗繁，自能理解其苦衷，而无丝毫之介意。到1988年，“10月6日，由山西大学古典文学研究所牛贵琥同志转来华东师范大学苏仲翔（渊雷）先生所书傅山诗《五台山旃檀岭》一幅”（见1988年《隐堂日记》）。此作是苏老当年莅晋参加唐文学研究会，遂将大作由沪随身携来的。此举令我十分感激，即致简函，以申谢忱。

三年前，95岁高龄的施蛰存先生以所著《北山楼诗》签名惠我，其中有赠苏老七律二首。读其诗，聊见钵翁当年状况，兹录于后，以窥豹斑。

其一，苏仲翔滞迹辽东近有诗来，作此奉怀：

一卷新诗塞上来，故人心迹出琼瑰。
惊鸿落阵三杯圣，野鹘翻云八斗才。
天意岂容辽海老，风情知耐鬓霜摧。
化鹏早遂图南计，伫待高歌浩荡回。

其二，仲翔南归，疏狂如故，今年七十，诗以寿之：

逐客归来雪满颠，征尘都入北游篇。

疏狂标致初无改，跌宕才华老更妍。
七秩古稀尊豹隐，一杯乐圣共鸥闲。
即今致道恢文德，好构茅亭草太玄。

读是诗，从中自可见苏老的一些心态和行迹。老人好酒疏狂，以诗书寄情，虽在放逐之时，犹初衷无改，独倚樽罍，吟身点露，在先生的旷达心怀中，自也流露出些许孤独与凄凉，这当是对右派遭遇的一种真实反映吧。

人生苦短，新加坡潘受先生、海上苏仲翔词丈以及普陀山妙善老和尚先后生西，唯有他们的诗词墨迹和禅林德政，让人们永久地传诵和怀念。

佛家讲“缘分”，有时有意外的因缘，也会给人带来一份欢喜。今年三月间，我寄《陈巨锁章草书元遗山论诗三十首》长卷印品与上海季聪兄，日前收到回函，并回赠一幅钵翁墨迹。这真是投之木瓜，报以琼琚。信中说：“呈上先师遗泽，大哥藏护为最佳者也。”这是一幅高 37 公分、宽 54 公分的皮纸小横幅，题为：《五台山之晨》，诗云：

五台山矗北天门，梵宇琳宫沐晓暾。
曾是文殊行化地，塔铃树影最消魂。

书件尾署“苏仲翔”三字，钤“钵翁八十以后作”细朱文印一枚。老人生前兼任中国佛教协会常务理事、上海佛协副会长。在著作等身的出版物中，所点校的禅宗语录《五灯会元》，尤为精辟。对佛教圣地五台山，自然亦是感情系之，便以耄耋之年，不远千里，礼佛而来，登临咏啸，书以志之。其大作墨迹，今悬隐堂之上，朝夕相对，蓬荜生辉，遂草短文，以记殊胜墨缘。

2004 年 8 月

五台山碑林兴建记

在中华大地上，我的足迹几遍名山胜区。每到一处，不独忘情山水，陶醉自然，更为那骚人墨客的题留所吸引，欣赏其法书，吟诵其辞赋，望匾额而出神，味楹联而留步。福州鼓山之涌泉寺，成都青城之常道观，青岛崂山之太清宫，南海普陀之佛顶山，云峰摩崖、伊阙佛龛、八桂墨海、西安碑林……无不让我徜徉其间，流连忘返。诗有眼，画有眼，自然景观何尝无眼，山水佳处，胜迹名区，一经品题，便见其妙，这“品题”当是山水的眼，胜境的眼。天下名联，不胜枚举，孙髯翁一副大观楼长联，就把我由塞北引到了云南，足见其吟咏题留的魅力了。吾晋五台山，名震寰宇，其地五顶耸峙，山云吞吐，梵宇琳宫，钟磬声幽，高僧大德，栖息林下。每逢盛夏，游人如织，访胜探幽者，进香礼佛者，消夏避暑者，商贾云集，玩偶如蚁，一时间，热闹非常。如此名区，比之他山，匾联少，碑碣少，名联诗碑则更少，文人学子，到此玩二三日，便索然而返。鉴于此，我忽心生一念，何不在此名山建一碑林，刻古今诗词于其上，留当代书迹天地间，为佛教圣地添一人文景观，其功德当可无量也。心发宏愿，遂游说四方，以求省、地、县、区领导之共识。

好事多磨，到1989年夏秋间，方得在五台山召开了一次有省、地、县、区有关领导和专家参加的“五台山碑林论证会”，从对碑林规模、碑刻内容、书家选择，到立碑地址以及碑廊建筑等诸多方面作了热烈而认真的讨论，并在此次会议上产生了碑林筹建的领导机构和相关组织。我是兴建碑林的首倡者和发起人，便主动承担了遴选诗词、征集稿件、上石监制等项任务。

至于征集稿件，在我心生营建碑林念头之初，便开始了工作。首先翻检了大量有关五台山的文史资料，从多种诗文典籍中，收集和挑选出古今吟咏五台山的诗词百余首，抄寄海内外书法名家，请赐墨宝，共襄胜举。到论证会召开之际，我手头收到的法书墨迹已达征稿计划的半数以上。

台怀镇有文殊寺，地处新建明清街之北端，左倚高山，右枕清流，除一座大殿外，其他建筑均已坍塌，惟见黄蒿丛生，瓦砾堆积耳。殿之右，有茅屋一区，为僧人所居，我方来，见老僧坐斜阳下补衲，小径虽荒，畦菜犹绿，兼之涧草岩花，杂然缀之，苍凉中古寺，尚透露出一丝山林野趣，这里便是我们选好的碑林地址。

碑林在财力十分拮据的情况下进行着。碑石以定襄县青石村所产石材为原料，该村且有精于镌刻石碑技艺的工匠，遂选五六人来完成刻石任务。我先将书家墨迹钩于透明纸上，再由工匠复写于石碑上，进而刊刻。刻碑期间，我常往来于五台山、青石村和忻州之间，监制上石，以求质量。

越二年，文殊寺大殿后新建二层楼文博园竣工，且颇具规模，蔚为壮观。而碑林资金尚未能完全到位，拟建碑廊便不能开工，碑林刻石虽基本完成，由青石村运来台山，扑卧于荒坡蔓草之间，狼籍之状，颇感不适。

又经一春秋，碑廊方开工营建，文殊寺大殿以东，刈草莽、铲坡脚，在高岗乱石中，硬是整出一块平地来，殿西则较为平整，遂环大殿，在院之四周建木构长廊数十间，髹漆彩绘，立碑其间，横幅长卷，嵌于壁上，大碑巨碣，置于廊下。洋洋乎125通巨制，顿然比列。浏览大作，诸体皆备，流派纷呈。真书如释迦说法，拈花微笑，庄严中不失慈悲法相；行书若观音渡海，波涛不惊风仪潇洒；篆书似罗汉降魔，精力弥满；隶书犹老僧入定，凝重肃穆；草书则如法轮圆转，了无挂碍。品读碑刻之余，步出寺院，北望黛螺顶，连峰夹涧，逶迤而东下，远望南山寺、梵仙山，云来雨过，缥缈多姿，仙阁梯云，颇具韵致。西过清水河白石桥，殊像寺则近在咫尺，南行经明清街而东折，则是栖贤阁，高岗之上，古松三五株，步于其下，听松待月，亦饶有趣味。

1994年9月，我适台山，小驻文博园，为碑林写释文和书家简介。虽为深秋季节，游山者尚感熙熙攘攘，专程光顾碑林者也不乏其人，抄诗者，临书者，求购拓片者，摄影留念者，不一而绝。每当我见这些爱好者品读文字，咀嚼法书，那欣然怡然的神态，便令我感动，也着实为之高兴呢，加之捶拓碑帖之声，回响于檐廊之间，在晨钟暮鼓和铃铎迢递之外，又平添了一种新的声韵，这声韵又像在传递着古今诗人对台山的吟唱，流溢着当代书家对台山的墨韵和心香，在这当儿，我惊诧自己的愿力了，当年的一丝念头，今日竟变成了现实。于此我便想起了省、地、县、区各级有关领导的决策，想起了青石村各位石匠师傅的辛勤劳作，想起了碑廊的设计者和建筑者，更想起了全国各位书法家对五台山碑林的鼎力相助，特别是已经过世的书坛名宿

五台山碑林

和我的诸多书友们，便默默地念起他们的名讳来：孙墨佛、苏局仙、楚图南、沙孟海、秦咢生、萧娴、费新我、沈延毅、顾廷龙、苏仲翔、沈觐寿、潘受、宫葆诚、游寿、周昭怡、邓少峰、谢稚柳、冯建吴、胡公石、葛介屏、司徒越、胡问遂、徐无闻、傅周海……诸先生虽然先后作古了，然而他们大多寿登耄耋，名垂环宇，孙、苏二老竟年过期颐，可谓人瑞了，惟徐无闻、傅周海二位年方周甲，遽然早逝，令人歔欷，所幸他们为五台山碑林所遗墨宝，将与名山共存，永放光彩，诸书家的灵魂也该往生极乐了。

回忆柯璜先生

国家重点图书《中国现代美术全集·书法卷》第一、二卷（已故书家）名录在报端公布后，我检阅再三，山西竟无一人入选，深感遗憾和不解，遂致函主编刘正成先生，窃为吾晋至少赵铁山、柯璜二前贤当列其中，并寄上有关资料，愿为斟酌。

恨我生也晚，未能一睹赵铁山先生仙颜。然其传记、法书，却多有拜读，先生的人品书艺，每令我敬佩赞叹，诚如当年康有为所评：黄河以北，无出其右者。我以为在当今沸沸扬扬的书坛上，能臻此境界者，也委实不多。

柯璜先生，年享耄耋，我有幸在先生晚年，亲聆教诲，受益良多，每念及此，先生那神采风仪，便顿现脑海。

1960 年秋天，我到省城读书，初居南华门东四条。一日晨起，在文联小花园散步，忽见一位长者，身材不高，却很壮实，银须飘洒，鹤发童颜，手持一杖，却不住地，徐徐行来，且将手杖打着圈儿，嗡嗡之音，迷漫花树间。待老先生停止晨练，我趋前致意问候，此老正是我久仰的著名书画家柯璜先生。

柯老住精营东边街 62 号，距省文联仅百步之地，得暇，我常向柯先生请教书法。进得绿天斋院，花木扶疏，浓荫当户，在宽绰明洁的客厅里，茶烟氤氲，墨香四溢，听先生谈书论画，谈诗词，谈健身。谈到兴致时，便挽袖作书。客厅中，临窗置一方案，我为先生研墨伸纸，老人走到案前，手提楂笔，饱醮浓墨，略一思索，便乘兴挥毫，口中吟唱，遂之起伏，音之长短高下，与笔之顿挫抑扬相呼应，细察之，方知先生所唱之句，正所书之词。先生此习，由来已久，笔者在京曾听苦禅先生所言，柯老早年任故宫博物馆陈列室主任时，每作书，必吟唱，令李先生大惑不解。

一日到柯家，先生午睡初醒，精神健旺，意欲作画，遂展纸调色，未几，一幅《古藤图》，跃然纸上，正“奔蛇走虺势入座，骤雨旋风声满堂”。先生以书法入画法，折钗股，屋漏痕，草情篆意，时见笔端，观其所作，自然不同凡响。

柯老颇为他那健壮体魄所自豪，每每以双手紧握圈椅扶手、臀部离座，双腿腾起，作撑空状，且能坚持良多，经我多次催请，老人方肯落座。我不禁惊诧这位 87 岁的老人尚有如此好的臂力，须知这是一生以手握笔的手臂呢。

谈到诗，老人可谓吟咏颇丰，时常将他的近作为我展示，并作认真的讲解。有时也把董必武的诗稿和郭沫若的手札拿给我赏读。在老人的鼓励下，我把拙诗整理一册，呈请先生教削，老人多有褒奖，并在封面上欣然题署了《梦石诗草》。然而此作，在“文革”中已付之一炬，所幸柯老的题签我保留了下来，每当我见到此签条，不独忆起了柯老，也使我怀念那多次为我修改诗稿的罗元贞先生。

1962 年秋天，“山西省首届书法篆刻艺术展览”在博物馆开幕，参观后我题留了拙句，有人撰文摘引后，在《山西日报》上刊出，柯璜先生看到“柯老变法出新意，童叟铁笔健有神”的章句，很为高兴，立即将报纸转我一份。同年我将在学校所临的唐代孙位《高逸图》（局部）请先生指导，老人颇为赞许，并希望我能为他画像，还将他的两张近照赠我，愿作参考。同时出示了凤先生（吕凤子）为他画像的砚台刻石，那刻工便是苏州刻石名家黄怀觉。郑逸梅先生在《文苑花絮》中曾撰长丈予以介绍，有句云：“1954 年，（黄怀觉）赴泰州，刻烈士碑。又刻吕凤子所画列宁像、孙中山像、鲁迅像，石藏山西太原迎泽宾馆，拓片在上海《新民晚报》上发表。又刻了齐白石像、柯璜像等。”据我所知，黄怀觉还刻了柯璜先生所书毛泽东诗词十七首，柯老曾将部分拓片赠我，那油光可鉴的乌金拓和笔走龙蛇的章草书，曾是我一度心摹手追的范本。

1963 年，88 岁的柯璜先生仙逝了，党和国家领导人周恩来、董必武、陈毅、郭沫若等同志送了花圈，在省公安礼堂召开追悼会时，我和赵延绪老师共同送了一付小小的挽联，以寄托我们的哀思。

柯璜先生，字定础，晚号绿天老人，1876 年生，浙江黄岩人。清北京京师大学堂毕业后，即来山西任教，是山西大学早期的年轻的名师，后来任山西省博物馆、图书馆馆长。“七七事变”后，先生避居重庆歌乐山云顶峰，为抗日救国，奔走呼号，以书法为武器，激励抗日将士。到 50 年代中期，先生又返回山西，终老太原，山西无疑是柯老的第二故乡。先生书法以阁帖为基础，自由挥洒而不离法度，晚年回归章草，朴茂天成，敦厚淳古，片纸只字，为人所重。1975 年，我在苏州造访费新我先生，谈及柯璜老人，费老甚为钦慕。归晋后，将柯老为我所书毛主席长征诗六尺横披转赠新我先生，费老自是感激不尽。1989 年，我在舟山，市政协王亚同志也是黄岩人，谈及他的家乡尚无柯老墨宝，我又将所藏条幅捐赠。在乐清雁荡山，曾见柯璜先生所题“燕尾瀑”摩崖石刻，每字高4尺，沉雄壮阔，气度轩昂，为先生60岁以前之佳构。在成都杜甫草堂，观先生所书杜诗数首，苍古高雅，已开晚年书风之端倪。我藏先生法书，尚有条屏、手卷，花木、山水，偶一展玩，老人便会徐徐步入隐堂中来，我则静听那先生的教诲。

在柯璜先生条屏前

段体礼老师十年祭

书画家段体礼先生，是我在中学时期的美术老师。今年正值先生百岁诞辰，也是先生辞世的十周年。际此时日，我不时地回想着老师对我的教诲。

我从小喜爱书画，当 1954 年考入在亭县县城的范亭中学时，便有幸遇上了执教美术课的段老师。这是一位 50 开外的长者，不苟言笑，十分严肃。上课时，要求黑板擦得净洁，教桌上不得有一丝灰尘。而他所作的范画是那么的精美，板书是那么的飘逸，讲课的语音低缓却很清晰，一字字，一句句，直注入你的耳朵。对这样的老师，我不独十分地敬重，还有几分敬畏呢。所以老师安排的作业，我总是完成得十分认真，便也多次得到了表扬和鼓励。孩子的虚荣心强，我学美术的劲头自然更大了。

在范亭中学，段体礼先生是唯一的美术老师，在他的教导下，每个班级都涌现了几名美术成绩突出的学生，我们便自发地组织了一个课外美术活动小组，利用课余时间和节假日到城外写生，到剧场画速写，为板报、壁报画报头、插图；有的同学还能搞一点创作，参加县里、区里的展览，在报刊、杂志上发表。

在1958年大跃进的年代里，由于形势的需要，段老师带领我们画壁画，不独在崞县城内，在一些大的村镇的墙壁上，也留下了我们认真绘制的图画。

通过老师多年的精心培养，范中的同学有不少人走了上书画的道路。1959年有邢安福、王尢才考入了山西艺术学院美术系中专科。次年，我与亢佐田同学也考上了艺术学院美术系。此后，又有王錞等同学考人了山西大学艺术系美术专业，范亭中学重视美术教育，也随之蔚成风气。

段老师在教学之余，很重视自身的书画创作。早在1952年，便有《崞县来宣桥》的山水横幅参加了“全国第二届国画展览”。到1959年段老师又以山西省重点美术作者的身份被抽调到省城，为国庆十周年创作献礼作品。画家们深入生活，收集素材，跑遍了山西的山山水水，集体完成了《同蒲风光》山水长卷的创作，段老师又创作了《北桥工地》、《京原线开工了》、《段家岭隧道》、《崞山迭翠》等作品，先后在太原等地展出和发表，获得了高度的评价。在书法上，1962年段老师所书文天祥《正气歌》六条屏，展出在山西省首届书法篆刻艺术展览会上，颇为引人注目，得到众多书家的赞许。有人撰文，在《山西日报》上予以评价，从此也确立了段体礼老师在山西的书法地位。

溯其源，1924年老师考入山西省立第一师范美术专修科，专攻书法、绘画，先后得常赞春、李亮工指授。对小篆用力尤勤，远追斯冰风范，近参吴熙载、莫友芝笔法，陶冶熔铸，成自家面目。赏其大作，结体严整而韵致高远，用笔畅逸而内含风骨。1980年所书毛泽东诗词参加全国首届书法篆刻展览，为其代表。至耄耋之年，其笔力仍未见丝毫衰朽之意，诚世所罕见也。

说来皆是缘法。当我1960年考入大学后，段老师也调离了范中。而我1965年大学毕业后，分配回忻县地区工作时，段老师正执教忻县师范，两人同在一城，时相过从。然而好景不长，很快“文革”开始了，老师是从旧社会过来人，自然受到冲击，被监督劳动改造。偶然相见，老师却是衣着干净整齐，心气和平，精神如旧。我深为老先生能善自调整心态，不为一时屈辱而沮丧，心生极大的宽慰。这便是老师的一种修养了。

“文革”后期，段老退休，携眷定居崞阳镇（原崞县城）。老师在此教书十数年，环境熟，熟人多，感情深，居亦安然。谁能料到，小他十多岁的师母竟在80年代撒手人寰。老师甚是悲痛难耐，终日以笔墨排遣，亦不能解脱，后随大女儿远走新疆，改换环境，调理情绪。在乌鲁木齐，与边陲的书画家、诗人们时相往还，多有和唱，还书写了《段体礼篆书千字文》一书，并付诸梨枣。此后，我又为段老师编选了《段体礼小篆作品选》，由山西人民出版社出版发行。其中所收作品，多是老师为同学们写赠的条幅，散见于太原、忻州等地，由校友贾宝珠同学奔波翻拍，姚奠中先生欣然为之作序，于此亦可见段老的人品和书品了。

某年，段老赴京小住，在北京语言学院执教的范中校友王金怀同学，遂请老师为外国留学生作书法讲座，并即席挥毫示范，令那些碧眼黄发的学子们为之啧啧赞叹，并报以热烈的掌声。

1986年秋天，忻州地区文联、教育局、文化局等单位联合举办

“段体礼先生从事书画创作和美术教学工作六十周年纪念”活动，展示了段老的近作，出版了先生篆书的《五台山风光楹联集锦》等，省城文艺界领导和书画家曲润海、聂云挺、姚天沐、林鹏、王朝瑞、王錞、冯长江等到会祝贺。段老兴奋地表示：“在有生之年，为书画艺术事业的繁荣，将竭尽绵薄之力。”在老师90华诞时（旧俗虚岁生日时举办），值我远适河西，未能躬逢其盛，遂在敦煌市为老师发了一封申贺电报，献上一瓣心香。

至1992年2月，记得是旧历正月初六下午，有人自原平捎口话来，说“段老病重，愿见一面”。次日一早，我偕张启明、杨茂林赶到原平县医院，老师卧病床上，已不能说话，眼也不睁，两腿不停地颤动。我们轻轻的喊着：“段老师、段老师……”他似乎微微地点了点头，神志似乎还清楚。我们含着眼泪说了一些安慰的话，便遵医嘱离开了病房。据说当日下午，王錞、亢佐田等同学也从太原赶到原平探望了老师。正月初八，老师走完他人生的旅程，便与世长辞了。随后，同学们为老师举行了一个还算隆重的追悼会。

我与老师交，垂四十年，给我的信件有数百件之多，老师辞世后，便拟写一点纪念的文字，却又不知从何说起，值恩师逝世十周年之际，草此芜杂短文，算是我对老师的怀念和祭奠吧。

老师段体礼，字子敬，1902年11月出生于山西省崞县（今原平市）下大林村，1992年2月12日逝世于原平，享年90岁。生前是中国书法家协会会员，山西省书协名誉理事、山西省美术家协会会员、忻州地区书法研究会副会长等。其女段春山，中国书协会员，其子段希春，山西省书协会员，所作篆书，皆能承乃翁家法，传其遗绪，得其面目；

而老师的学生，在书画界享有成就者，仅国家一级美术师就有王錞、亢佐田、傅琳、邢安福、王建华等，朱连威、王郁、邢同科、赵玉泉、李官义、高茂杰、王晨、阎仁旺、郝江男、张存堂、石中理等一大批在书画艺术上学有成就者，无不沾溉了段体礼先生的教泽。老师有知，也当欣慰含笑了。

2002 年 2 月

怀念王奂老师

六月中旬在太原，曾约亢佐田同学看望王奂老师，佐田说王老师到山东写生去了。王老师有心脏病，我们对他的健康很是担心的。

时仅一月，王老师竟作古了。收到讣告，我不禁一怔，老师是在旅行写生中客死他乡——菏泽。他是为艺术殉职的。

六十年代初，我在山西艺术学院学美术，王奂老师便是美术系的党委书记（或支部书记），他做政治工作，不是空头的理论家，有时还到我们宿舍来，和同学们小坐谈心，他平易近人，没有丝毫的架子，是很受同学们欢迎和爱戴的。他在政务之暇，抽空进行版画创作，作品虽然不很多，然每一幅都富有时代精神，充满着激情，颇为感人。

王老师任山西省美术家协会秘书长期间，工作繁忙，事必躬亲。文艺界的同志们有夜聊的习惯，遇有全省美术工作会，每晚大家睡得很晚，第二日又起不来，早饭前，王老师总是在大家下榻的楼道里，挨着门的喊叫，让大家去吃饭。午休后，又是他亲自招呼大家去开会。我们这些本来是比王奂老师年纪轻，又大多是他的学生，看到老师如此的辛苦和负责，无不为之感动。

在创作上，王老师后来由版画转向了国画，而且迷得很深，一手学传统，一手师造化。记得七十年代末，老师买了很多国画参考书，一有空闲，就钻在他那间位于太原大中市小巷深处窄迫的小楼上去临摹。酷暑，他只穿一件短裤，赤着臂膊，手挥芭蕉扇，神清专注地钻研古人技法，俨然一位苦学派。

我到太原时，王老师不独留饭，且有留宿，让我给他画山水，作“示范”，还临摹我的习作。这使我非常不安，因为我是王老师的学生，他怎么能向自己的门徒求教呢。然而，他确是真心真意的。从中，我才深深的了解了老师的为人，对“不耻下问”的古训才有了更为深切的感触。

王老师由临摹步入写生，对大自然的探索，那真是情有独钟，亦可谓“搜尽奇峰打草稿”。某年初冬时节，忻州地区书法年会在五寨县召开，已经转任山西省书法家协会秘书长的王奂老师，应邀到会指导，会议期间，与会同志上宁武芦芽山观光，王奂老师为那奇景胜境所吸引，便在会后第二天重上芦芽山，身上裹着一条从招待所借用的毛毯，豪情激荡，笔不停挥，夜幕降临后，在林场弃置于冰口洼的破房内，燃起一堆柴火，籍以御寒。此情此景，老师不以为苦，反觉兴味无穷。也许是过度疲累了，未几，蜷曲在灰烬旁的画家便鼾声如雷，进入梦乡了。许知，这是老师动手术后不久的出游，据说画家在太行山、狼牙山、壶口瀑布等地的写生，都是如此的投入。一次在蟒河写生时，心脏病突发，在场的同道无不受惊，好在他随身携带有抢救药品，才免生意外。

老师对我，更是垂怀有加，早在他学国画之初，看到好的画册读物，便同时购买两册，一册留己，一册赠我。我在太原举办个人书画展时，老师跑前跑后，忙里忙外，几乎成了一个工作人员，不独让我十分感动，也使我永久铭记不忘。在我任《春潮》、《五台山》杂志美术编辑之时，老师多次赐稿，以为对地方刊物的支持。

很多年没有见王老师的面了。我每次去太原，问起王老师，朋友们都说："他不在，某某地方写生去了。"记得最后一次见面，是在1990年10月的一天，董寿平美术馆开馆庆典的第二天，在并州饭店举行笔会，我们和董老座谈时，王奂老师也在座，大家合影留念，事后我把所拍的照片寄给王老师，他一定是很高兴的。

王奂老师走了，他在人生的旅途上仅仅留下了71年的脚印，这是多么短暂的一瞬，若天假以年，他的创作将更加绚烂多采。老师热爱大自然，拥抱大自然，直到回归大自然。

老师无悔，请安息吧。

三访陈监先

得悉山西学者88岁的吴连城先生去世的消息后，哀悼之余，又引发了我对陈监先先生的怀念。

还是在1983年5月间，我到太原参加省书法家协会理事会，某晚无事，承楷兄约我到省博物馆职工宿舍去看望吴连成先生，记得当时吴老谈得最多的是有关陈监先先生的事。吴老对我说：“贵同乡陈监先先生是我省很有见地的一位版本、目录学家。解放前曾在山西教育厅供职。工作之余著述甚富；解放后，长期坚持对傅山先生著作的研究，进行《霜红龛校补》的工作，很有成绩。可惜，功亏一篑，陈老在1976年过世了，其子孙亦没有能继承其业

陈巨锁为陈监先先生80岁时所拍照片

者。《霜红龛校补》不出版，老先生后半生的心血便白费了。你回原平访访陈监老的家属，他们若同意，我可以帮助毕其事。”

吴老一席话，竟使我有点无地自容了，家乡有这么一位贤人，我竟连陈监先的名字也没有听说过，足见我的孤陋寡闻了，不禁惭愧万分。

8月初，我为完成吴连城先生的嘱托，便到原平阎庄村，多处询问，村里人也不知道有陈监先其人者。根据我提供的线索，有一位青年学生说：“村里倒有一位老先生，‘文革’前是在省城工作的，叫陈宪章。不过，他还活着，不妨去问问。”在那位学生的导引下，便先访陈宪章。岂不知，这位陈宪章正是陈监先，只是名与字的区别了。

到得陈家，大门半掩着。推门而入，小院清幽，卵石铺道，树荫匝地，花木成畦，隔着窗玻璃，见窗下坐一长者，把卷而读。有一妇人，闻声而出，延客于小屋。老先生见有客至，遂将书卷放置炕间小桌之上，招呼我们随意落座。妇人端上清茶，后立于门侧，此乃陈监先老夫人王巧云。

老人虚岁八十，须鬓皆白，有轻微偏瘫，然气色甚好，记忆惊人。说话低慢而沉稳，思维清晰而敏捷。先生说：“我1904年光绪三十年正月初一出生，迄今已是八十虚度了。1976年得了一场大病，原以为行将就木，遂将所藏图书都捐献了国家。没想到竟又活了下来，现在却没有书可读了。”先生在诙谐的笑谈中，却又流露出怅惘和惋惜。王夫人在一旁插话说：“老陈一辈子就是和书打交道，在省城时，总是逛书店；节假日，便是泡在图书馆，中午也不回家，一个面包或者一张烧饼，就顶一顿午饭，从不知道注意自己的身子；至于家务事，一点也不管。”在夫人的埋怨中却充满了怜爱。

说到《霜红龛校补》的书稿，王夫人从另外一个屋子里提过一个包袱来，陈老用微瘫的手打开后，我看到了厚厚的几册书，那正是先生《霜红龛校补》的手稿，毛笔工楷，字若蝇头，银钩铁画，一丝不苟。蓝皮线装，真够精致的。陈老说："此作，我已数易其稿，现在来看，有些地方，还需校订，无奈手指不听使唤，只能用钢笔作点批注了。"我提议在村里请一个教师在教学之余帮忙抄录。先生说："我的生活不能自理，哪有力量请人帮忙呢。况且傅山的著作，有不少深奥而生涩的字句，一般教师怕也帮不上忙。"

陈监先又与我谈及了 1946 年因《章实斋年谱》与胡适的争鸣。并展示了胡适、邓广铭与陈老的书札。当时我很想将这些珍贵的资料公诸于世，先生却说："胡适已过世，然邓广铭先生健在，我怕给他带来麻烦，还是不公开的好。"陈老久居乡里，讯息闭塞，外间对胡适的研究，早已沸沸扬扬了，而先生却一概不知，左的枷锁还在束缚着老人。谈及徐松龛，老人尚能如流水速地背诵徐的诗文，我更加惊诧那惊人的记忆了，我希望老人能为地区的刊物写点文字，他说："文思枯竭，无能为力了。有一篇旧作《傅山的红罗镜》，未曾发表过，如果还可以，权当献拙吧。"

临别，先生执意送我出门，便拄杖到庭院中，我顺便为老人拍了两张照片，一张在窗前读书的镜头，一张在树下沉思的倩影。

归忻不久，我接到了陈老的一封短札，是油笔写的，字歪歪扭扭的，是陈老用偏瘫的手完成的，虽寥寥八九行，我却窥见了老人行笔的艰难。他是为《傅山的红罗镜》短文而来信的。他说："这一篇拙作，作于'文化大革命'前，距今已二十多年了，怎样写的，写了些什么？全忘记了。估计写作精神要求，不对的地方、错误的地方免不了。……请不要发表。”云云。“文革”过后已经七八个年头了。老人尚心有余悸，中国的知识分子，让心灵的压抑得以解脱，谈何容易。

到1984年5月的一天，省博物馆的副馆长梁俊先生陪同省社科院的高增德、尹协理二位到忻州来，他们是要我陪他们到原平拜访陈监先先生的。梁先生是我的旧识，数年前也已作古了。当时我导引他们自然是义不容辞的。记得到阎庄后，已是中午时分，公社的朱书记招待我们吃了午饭，也不休息，就去造访陈先生。

高增德同志是《晋阳学刊》的主编，拟在该刊物上发表介绍陈先生的文章。到1984年第5期便刊出了题为《关于章实斋的争鸣》，包括：①编者按，②陈监先的《章实斋年谱的新资料》，③邓广铭致陈监先二札，④胡适致陈监先三札。在封二上还刊登了我为陈老所拍的玉照以及胡适给陈老的手札墨迹（部分）。个中消息，有刊物在，我在这里便不复赘述了。我感兴趣的尚有三点：

一是胡适所著的《章实斋先生年谱》，早在1922年就出版了。并于1931年经姚名达补订后再版，而当1946年陈监先先生发现新资料后，写出了对年谱质疑的文章，寄信胡适，时值任北京大学的“胡校长已飞南京”，邓广铭代理其事，遂将“给胡先生的信和章实斋手札两通，均已编入文史周刊第四期”。（胡适为津沪两地《大公报》文史周刊的主编）当胡适返京后，看到陈监先的长信和章实斋的两篇遗文后，随复陈先生信，有云“我要特别谢谢先生的厚意”，“尊论我实完全同意”。于此可见当时学者们实事求是的精神和浓厚的学术空气。

二是胡适致函陈监先欲购《甲戌同年手迹》等三册墨迹。而陈先生竟将章实斋两札手迹赠送了胡适。这墨迹无疑是弥足珍贵的文物资料，而陈先生能割其所爱，无偿地奉送对章实斋年谱致力多年的胡适，其情也是十分感人的。

三是胡适当时身为北大校长，著名学者，虽欲购那三册手迹，终因“实非我的力量所能购买，请不必再和书主商谈了”。也道出了读书人的并不富有。胡适倘生于现在，若想出书，怕也得大款们的赞助吧。

又过了二三年，某日，陈监先先生的夫人王巧云到忻州来找我，说:“老陈经常需要人扶持，我也年迈多病，身边无人帮助，吃水烧柴，也有困难，有个孩子在太原工厂上班，希望能调回原平来，节假日也可回家照料照料。”老人说着，眼睛里转出了泪花。

我马上骑自行车到地区劳动局找了有关领导，希望帮助陈老一家解决困难。感谢他们的同情与帮助，陈老的儿子很快就调回原平上班了。

此后，我很长时间没有再到阎庄探望陈先生，只是与原平县的有关领导谈起，希望他们能够照拂老先生，《原平县地名录》、《原平县志》的编纂也应取得陈老的支持和帮助。

到 1990 年 7 月，我突然想起要去看看陈监先。临行前，我还为老先生认真地写了一张中堂，内容是摘录稼轩的词句：“从今康健，不用灵丹仙草，更看一百岁，人难老。”为陈老写字，是还旧债的，记得初访先生时，在他的屋壁上，张贴着我写的李白诗的印刷品，当时陈老说回忻后给他写一张，我虽应着，总想练得好一些再送他，拖了几年，勉力写出一张，算是为老人长寿祝福的，再买些香蕉水果之类，也是为老人健胃润肠的。万没想到，小雨中来到陈家，陈老已在年初了无声息地故去了，接待我的仍是王巧云夫人，我该说什么好呢，不禁悲从中来，一时语塞，倒是王夫人想得开，反过来安慰我了："人活着，终要死，老陈活了 86 岁，寿数也不算小，去年腊月二十日 (1990 年 1 月 16 日) 去了。只是你们闹书人，也没有多少意思，他一辈子，手不离书，辛辛苦苦，写了不少文章，到头来，冷冷清清地就走了……"说着，在老人的面颊上又挂上了泪珠。问起老人的著述，说几年前，出版社就有人来，答应为其出版《陈监先论文集》、《霜红龛校补》等。谁知迄今为止，陈老的墓木已拱了，其述作似乎是泥牛入海，消息全无。

陈监先先生去了。吴连城先生也去了，我如东坡居士所说："生死见惯浑无泪，一弹指头去来今。"人死不能复生，但愿他们的著作能够早日面世，这可是社会的一笔文化财富啊！

不应忘记的老人

这都是发生在70多年以前的往事了。

1905年秋天，李叔同东渡日本，次年9月，考入东京美术学校，从名画家黑田清辉学西洋画。1910年回国，执教七八年，为美术、音乐教育事业作出了重大的贡献，培养了丰子恺等一代大家。后于1918年披剃出家于杭州虎跑定慧寺，成为近代史上人所共仰的高僧弘一法师。

1920年，汾阳卫天霖留学日本，先在东京川端绘画学校求学，后进东京美术学校绘画系，毕业后留校任研究员。直到1928年回国，长期在北京从事美术教育和绘画创作，成为当代享誉画坛的油画大家。

寿阳赵延绪于1922年也东渡扶桑，进东京美术学校西画系，攻读素描、水彩和油画。赵先生和卫先生是山西最早出国学习美术的留学生。赵先生平生钦仰弘一大师的人品和艺术，然而却无缘一面老校友，常常引以为憾事。

赵延绪，字缵之，1897年6月生。其父在两广经商，且为太谷广誉远药店股东之一，家资殷实，诗书传家，在寿阳县自是望族。缵之，兄弟四人，排行第三，大哥二哥，英年早逝，其父对他更加宝爱。因

赵延绪先生 91 岁时留影

其从小酷爱书画，且学有基础，便在 20 岁后到北京大学画法研究会从徐悲鸿、胡佩衡、凌直支学国画。在京又萌发出国留学念头，然而受到父亲的坚决反对，其父因受长子、次子夭折的创伤，不欲缵之远行，遂严厉告诫："汝欲出国，与之断交，学费川资，概不负责。"然而先生主意已定，泰山难移，遂将已成的家室送到岳父家寄居，自己到广誉远背着父亲，求其掌柜的帮助，筹得一笔款项，遂于 1922 年乘风破浪，负笈东邻。在东京美术学校，因其心志甚诚，专研愈笃，成绩突飞猛进，深得教长褒奖。1923 年，日本发生了震惊世界的关东大地震，时值假期，缵之先生正在国内探亲，幸免遇难。学校停学一年，先生在家乡临时任教筹款，再作东渡的安排。1924 年又赴日本，到 1926 年学成归国，便开始了艺术教育生涯。缵之先生体谅父亲爱子的苦衷，毅然回到太原，先后执教于太原私立美术学校、太原师范、国民师范、成成中学等学校。在山西，先生是第一位引进西洋美术教育方法，开设素描、水彩、油画等课程，注重户外写生，培养学生的造型能力，涌现了阎丽川、力群、赵子岳等美术人才，先后走出娘了关、跨越黄河、长江，敲开了杭州艺专的美术大门。最后成为享誉当代的美术史学家、版画家和电影表演艺术家。

抗战爆发，先生转栖川陕之间，先后在西安民众教育馆、西安二中、四川金堂铭贤中学等处任教。国难当头，民不聊生，微薄的收入尚不足自己糊口，先生仍不忘周济他人，为贫困学生支付学费，为抗日前线义卖书画，为革命青年逃离追捕义而资助。

日寇投降，先生心情激荡，正如杜诗“漫卷诗书喜欲狂”的情状，遂即收拾行装，由成都而重庆，买舟东下，奈何时值枯水季节，礁石浅滩，船行缓慢，由渝而沪，经时逾月。有失也有得，此行虽不能“朝发白帝，暮到江陵”，先生却得以饱览巴山蜀水，终日伫立船头，写生不辍。一月间，得画稿七本。笔者曾有幸得观大作，山川风物，跃然纸上，笔精墨妙，耐人赏读。到上海后，笔不停挥，筹备个展，开幕之日，观者云集，孔祥熙等为之介绍。先生之作，以传统之笔墨，参西画之技法，挥洒自如，大气浩然，精品《长江万里图》，尤为引人注目，难怪徐悲鸿、刘海粟等先后前往观摩祝贺并题词赞勉。

由沪而京，遂任教于大成中学，在京期间，先生与书画故旧，文坛硕彦，时相往还，切磋艺理，品评名迹，其书画技艺更为升华，所作山水不温不火，清寂静穆，一似先生人品，而水彩、油画则多为写生，案头清供小品，时入画布，亦别饶情趣。笔者所藏先生 1948 年色粉笔水仙写生小幅，虽时逾 40 多年，然玉面檀心、碧叶修姿，犹见当年况味。

北京解放了，先生在街头邂逅程子华（也是赵的学生），说他要回太原主持山西政府，希望赵老师也回家乡工作。先生立即打点，很快回到了太原，其时力群也回到了省城，正筹备文联工作，很希望赵老师留下来为复兴山西文艺事业共同贡献力量，先生欣然而应，又重新登上了他的教学岗位，先后在太原二师、太原九中、山西艺术学院、山西大学等校任教，为培养山西的美术人才竭尽心力。

1960年9月，我考上了山西艺术学院美术系，便列入赵缵之先生的门墙，成为赵老师的一名学生。赵老师毕生从事艺术教育事业，是名副其实的桃李满天下。我想凡受过赵老师教育的人，都会深刻的体会到赵老师首先是一位有高尚道德的人，他有极大的包容心，他只知道奉献，不懂得索取。他大朴不雕，平易近人。在教学上因材施教，诲人不倦。在艺术上师古人和师造化相结合。重视优秀艺术遗产，直窥古人堂奥，取精用宏，以古为新，古为我用。对于大自然，心尤向往，他常教导学生“胸罗丘壑，造化在手”。七七事变前，先生曾数年筹集款项，决心周游世界，不料日寇侵华，理想破灭了，终生遗憾。1976年，80岁的赵老在忻州小驻时，还乘车到宁武管涔山去写生，画下了《芦芽山色》，曾刊入日本出版的《中国现代美术家名鉴》第一集。先生以教师为职业，一生忙碌，传道授业，甚少闲暇，即有假期，然而工薪微薄，哪有经费外出旅游写生。故尔老师所作多为临摹，人或有微言，皆以笑对之。其实老师名为临摹，实为创作，偶借古人笔墨，抒我胸中逸气。细赏老师之画，无一幅是古人之面目，虽临石寿、八大、吴昌硕、黄宾虹，然皆运以己意，为自家须眉，只是在题款时，写上临某家法，用某家意，就中正可见老师平生谦逊之一斑。不谙于此意或不懂赵老画旨者，自不屑一辩也。

赵老师的书法，以魏碑为最佳，偶然命笔，不同凡响。他早年临写郑文公碑，不下数百回，1962年为我临写6尺长卷，惟妙惟肖，形神兼备。所作颜楷，时参柳意，端庄质朴，书如其人。所作小楷，有似津门华世奎，84岁高龄时，所书墨迹毛泽东词《沁园春·雪》，尚能点划清爽劲健，无些小拖沓龙钟之感觉。题画则多以行书出之，云烟卷舒，清俊自然，与画相映成趣，相得益彰。

老师授课，似不经意，随口讲来，皆中要害，以阳光、空气、水分说起，开窗户、洒水，以至衣食住行、操行品质，句句注入学子心头。为学生作示范画，写示范字，一丝不苟，有求必应。凡学生有求先生书画者，无不精心挥毫，绝不敷衍应酬，故先生之画，在学生中多有收藏。

先生身为老教师、名画家，家务杂活，也常操持，买粮买菜，洗锅刷碗，视为乐事。有同学开玩笑问：

“赵老师，听说你在家还洗锅？”

“是呀！吃饭刷碗，一天不可缺，至于洗锅，我是在锅里练字，省纸省墨，一举两得。张芝书背我书锅，艺到痴迷方有得。”老师出语诙谐，同学们哄然一乐。

从事艺术教育事业，便走了清苦的岗位。60年代，先生任山西艺术学院美术系主任，一家数口人，僦居两间小屋，米面蔬菜堆积床头，锅碗瓢盆杂陈屋下，煤球煤糕，遇到大雨天，便搬上了窗台。这一切，老师全然不觉，自然也不会向领导提出什么要求。而老师对学生则是无微不至的关怀，充满着无限的热情，寄托着深厚的希望，谨举笔者亲身体会的三个小例子，或可一睹全貌。

1965年秋冬，我已毕业离校，其间由永乐宫返并，回母校探望老师，老师坚留午饭，还亲自下厨炒菜，特令孙子铁牛进城买肉，需知那时候买肉还是凭证供应呢。1983 年，我在忻州入党、调资、分得新居，被选为六届省人大代表，有朋友以《陈巨锁四喜临门》为题报导，老师看到消息，欣然命笔，以画代简，为我祝贺。1986 年 1 月，我在太原举办书画个展，时值隆冬，90 高龄的老师顶寒冒雪，亲临现场指导。恩师之恩泽，令我感动不已，让我终生难忘。我只是赵老万千学生中的一个，万千个同学自会忆起赵老的万千个故事。

缵之老师，为开创山西新美术教育事业，培养山西书画人才，可谓心力交瘁，有口皆碑；先生对书画创作，老而弥笃，又能真正返璞归真，一任自然。老人蛰居坞城一隅，不事声张，不求闻达，归于平淡。随着时间的推移，不独广大群众，就连美术界的大部分青年人，似乎也不知道赵延绪先生其人了。近年来，我每探望老师，老人对弟子故旧多已记不起姓名，然一如过去，抬手让坐，微笑欢迎。

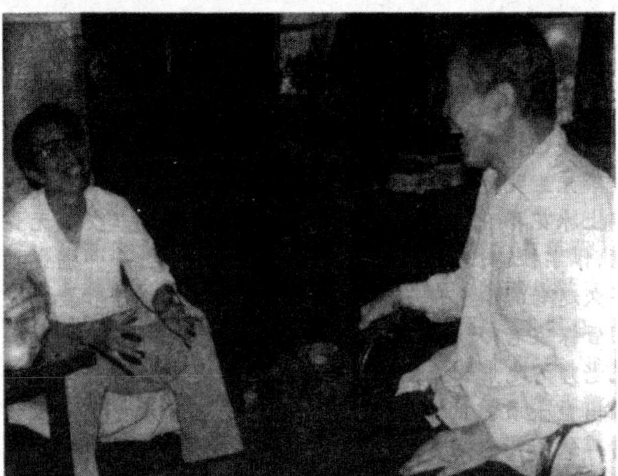

探望赵延绪老师

先生晚年生活，愈见清苦，严冬季节，暖气不热，窗玻璃上冰花不化，所著棉衣，败絮外露，所用毛笔，多无锋颖，作字抄诗，竟在孩子们用过的作业本上，……据说前不久赵老的学生——原国家财政部副部长戎子和要由京回晋探望老师，校方才为赵老的两居老屋作了一次粉刷。见老师的晚景如此，我自感触颇多，这是一位曾经为社会作出重大贡献的老人，这是一位在山西美术史上应该重书一笔的人物，我们怎能忘记他老人家。

去年，赵老师虚龄 99 岁了，按乡俗，当为老人祝百岁大庆，家人们记得他的生日，老学生也记得他的岁数，阎丽川先生送来了篆刻“百寿图”，赵子岳先生题写了“德高望重、泽惠后人”的字幅为贺。

今年 6 月 18 日，山西省政协、省教委、省文联、山西大学、省美协、省民盟、省画院等有关部门为赵老百岁华诞在山西大学专家楼召开了座谈会，举办了先生的书画展，老人笑呵呵地坐在轮椅上，接受有关领导、宾朋和弟子们的祝贺。

祝贺会结束了，老人又过起那平淡如常的生活。与此同时，我想起了李叔同、卫天霖，想起了为中国美术事业、为山西美术事业改革和发展的先驱者，我们应该永远铭记他们的功绩。

悼念阎丽川先生

当我接到阎丽川先生病逝的讣告时，天津美术学院所举行的向阎老遗体的告别仪式已经结束。我不禁引颈津门，对这位仙逝的著名美术史家沉入了长久的哀思之中。

阎丽川，原名必达，字立川，1910 年 9 月 10 日生，太原市人。先生早年入太原师范学校，受教于赵延绪老师，钻研美术。未几，考入国立杭州艺专，旋又转入上海新华艺专，在诸多名师的教导下，美术论文和画作时有发表，在校时，还约集沪杭校友和太原的画家，举办了“海风”画展。美专毕业后，回到太原中学，主持美术教席。“七七事变”后先生辗转陕西、甘肃，而后落脚巴蜀，但始终未离教位，为美术事业呕心沥血。授课之余，不废创作，在成都举办了个展，展品不独山水、花鸟，还有针砭时弊的风俗画，获得了社会各界人士的高度评价。解放后，先生由蓉返并，先到山西艺校仍然执教美术，后转山西大学筹建美术系未果。1954 年调往天津，在津 40 余年，从师院到美院，教授美术史和艺术概论，这期间，先生教学成绩卓著，著述颇丰，成为全国屈指可数的著名的美术史家和美术评论家。

我第一次见到先生，已是1976年的岁末了，记得那年冬天，我适天津，去到美院，因唐山地震的影响，校园中，到处是七零八落的防震棚。在人们的指点下，我寻到了阎先生的住处——在一座旧楼一层的尽头，南北各一室，门对着门。向阳的两间作卧室和厨房，向北的一间作画室，先生的大量论文便是出自这间不大明快的小屋。见面后，先生很是热情，首先问讯的是赵延绪老师，其次最关心的是太原的变化，问这问那，似乎对家乡的每一条熟稔的街道都寄寓着深厚的感情，流溢着一个游子对故里眷恋的情愫。记得拜会先生的那一天正是农历腊八，阎老坚请我吃便饭，当时有什么菜肴，已记不清了，然而那红豆稀饭和四碟小咸菜，确是保留着地道的山西风味，先生还为我让孩子们到“狗不理”在严寒中排长队买小笼包子，当时不独使我十分感激，还令我有些不安的。20多年过去了，想起来，那乡情至今还暖融融的。

到1979年，先生的《中国美术史略》要再版，曾回山西来考订资料，我便陪同老人游览了五台山，先生对南禅寺、佛光寺的建筑、雕塑、壁画、题记墨迹等，都作了仔细认真的研究，在游览中，登高作画，临流赋诗。先生返津后，还将所作《登五台山二首》抄寄于我，其中一首约略是：

长夏炎炎酷暑天，清凉山中数日闲。
山花烂漫迷前路，溪水纵横没渡阶。
放眼舒怀且伫立，挥毫赋采莫迟延。
风光无限时光迫，留得年华在手边。

于此诗中亦可见阎老在五台山中的情怀。

1981年，先生的书画个展在太原展出，我专程前往参观学习，并写了《观阎丽川教授书画展》的短文，投寄某杂志。然而，我对先生的书画素乏研究，所作当不能尽其万一。后将剪报奉寄老人，先生颇为高兴，遂视为知音。

先生对我的书画，多有褒奖，这自然是对我的鼓励。1990年1月，我在深圳举办个展，先生题诗为贺：

昔日伴游五台山，今朝喜闻书画展。
书宗章草融汉隶，画法前贤继荆关。
笔底刚劲见风骨，墨色苍茫映烟岚。
遍访名山打草稿，天下奇峰画里看。

还将此作收入《阎丽川诗词选》。我自疏懒，近年很少染翰作画，深感有负先生对我的厚望。

1995年，赵延绪老师年近期颐，我们筹划着为老人举行百岁诞辰的纪念活动，我首先致函缵师的老学生赵子岳和阎丽川两位学长，子岳老寄回了手书的贺词和长信，先生寄回了篆刻的“百寿图”为贺。阎老说他在病中，恐不能亲自参加老师的百岁盛典了。到去年6月18日，赵老师的百岁华诞在欢乐中度过，而他的学生阎丽川先生竟在今年的1月20日病逝了。这怎能不令人痛悼呢。

阎老去了，在我隐堂的书架上，陈列着先生先后赠我的各种书籍，有《中国美术史略》、《中国古代绘画百图》、《中国近代美术百图》、《文物史话》以及一本王振德先生编著的《阎丽川研究》，面对阎先生的遗著和翻阅着阎老给我的诸多手札，我长久地沉入了对这位为美术教育事业奉献毕生的山西籍的美术史论家的怀念。

1997 年 5 月

印人王绍尊

王绍尊先生，河北省蓟县公乐村人。十五岁时考入北平师大附中，毕业后入北师大生物系就读。卢沟桥事变之时，他正在京郊上方山采集标本。之后兵荒马乱，欲回北平不能，校方领队便宣布各谋生路。从此，绍尊先生开始了颠沛流离的旅途生涯。得同学之方便，先郑州，而运城，而临汾，后西安。在西安时参加了张仃、陈执中等漫画家所组织的抗敌漫画宣传队（王绍尊先生在中学时酷爱美术，有深厚的绘画基础，曾考入北平国立艺专），每天赶画漫画，张贴于校园、街头，宣传抗日救亡，后因西安屡遭轰炸，不得已又转徙汉中，再徒步经城固、褒城，到达四川广元。荒山野岭，羊肠小道，长途跋涉，备受苦辛。未几，又离开四川，经贵州抵达昆明。

抗战期间，昆明为大后方，各地大学多迁于此，文人学者星聚云集。绍尊先生遂立足昆明，先后执教于昆华女师和昆华中学。在昆期间，得以结识李公朴、张小娄、楚图南、闻一多、赵诚伯、李何林等知名人士，且常往过从，思想为之活跃，参加了各种政治活动。李公朴、闻一多二位先生遇难后，绍尊先生义愤填膺，便和同学们积极参加了全昆明的大学潮，接到多次恫吓信而毫无畏惧。

王绍尊与齐白石

1946 年 9 月，绍尊先生离开昆明，经上海回到北平。解放后，在光未然（张光年）先生的邀请下，到新成立的中央戏剧学院舞台美术系任教。到 1958 年，响应支援山西的号召来到太原，先后在山西艺术学院、山西大学执教二十一年，至 1979 年方离休回京定居。难怪绍尊先生对山西特别有感情，他说山西是他的第二故乡。

王绍尊先生的一生，基本上是在教席上度过的。他勤于备课，严于执教，且能因材施教，凡受教学子，无不感佩先生为人、为师的品格，他教素描，教透视，教美术史，教花鸟画，时时将心血倾注其间。

至于篆刻之学，则是先生的余事。然而能卓然名家，为书画界所钦仰。也是有渊源可溯的。

早在师大附中读书时，绍尊先生便师从王君异学美术，王君异名惕，是国画家王梦白的高足，当时是京华美专的教授，并兼任师大附中的美术课。承蒙王君异的引荐，又拜齐白石为师，此后便在齐、王二师的指导下学写意花鸟画，攻治印之学。

在昆明期间，通货膨胀，米珠薪桂，为维持生计，绍尊先生在教学之余挂牌治印，以为副业（当时闻一多先生也有此举）。几年间刻印两千余方，名声为之大振。1945 年国共和谈，云南省文艺工作者联合会曾托李何林教授请王绍尊先生为周恩来、邓颖超、董必武刻了牙章。每谈及此，王先生便沉入对往事的回忆之中。

绍尊先生由昆明返平后，再度跟齐白石深造篆刻，白石老曾题署："绍尊印存"、"绍尊刻印"，以为绍介。其治印以白石为师，故风格亦近白石，又能远取秦汉意趣，近汲明清各家之长，所治之印，或古朴，或清秀，方寸之内，气象万千。当代海内外名人学者、书画家，诸如楚图南、李可染、叶浅予、冰心、李何林等一代人物，都曾请他治印。香港著名画家赵少昂得到绍尊先生篆刻后，便以"直逼秦汉，凌古铄今"为之评价。

"文革"期间，绍尊先生身处逆境，对篆刻一直仍孜孜以求，曾刻毛主席诗词印数以千计，并结印集出版。

先生离休了，时间方得宽裕，遂写了不少有关篆刻方面的文章见诸报端、杂志。又著有《篆刻述要》一书出版发行，启迪后学，颇受欢迎。《绍尊刻印》一书也已付梓，不久将与读者见面。

绍尊先生是我大学时的老师，我的第一方名章便是出自老师之手，此后先生多次为我治印。去岁，年近八旬的老人又为我治印两方。先生患白内障眼疾，还为我艰难辛苦地奏刀，我只有加倍的努力，方不负先生的厚望。

1993 年 3 月

张颔先生二三事

张颔先生是我所敬重的前辈学者。所惜先生居太原，而我供职于忻州，不便过从，疏于请教，常引以为憾事。然小有交往，亦令我铭感不忘。

1980 年初春，我适太原，遇书法家徐文达先生。他说全国将举办首届书法篆刻展览，山西拟送 30 件作品参选，要我写一幅。且截稿日期无多，需在二三日内完成。我想自己虽耽爱书艺，然所作尚属稚嫩，又不允回忻从容创作，入选国展，不抱奢望。只是长者之命，岂敢有违。遂到老同学王朝瑞家，裁一张四尺整宣为二条幅，一书元好问七绝一首，一书鲁迅散文摘句。字虽写就，尚无印章。朝瑞说他代请张颔先生为我治印。说来也喜，拙作条幅，竟意外入选展览，这自然也沾溉了张颔先生为所治印章的光华。先生为古文字学家，作书治印，当为余事，治印尤少，然偶一操刀，便不同凡响，出秦入汉，古韵高格。为我所治“巨锁书画”白文印，不雕不琢，一任自然。此印，自今我还钤用着，每拿起印石，便自然想到为我治印的张先生。

大约是上世纪 90 年代初，省城几位书家到原平县参加古庙会，张颔先生应邀同往。会后，东道主以乡镇所产唐三彩仿制品赠送书家，颔老接一骆驼，顺口吟到："愿驰名驼千里足，送儿还故乡。"思维之敏捷，言语之幽默，令在场者笑乐不已。

也是二十年前的往事了，山西省文物局张某去世，北京将此消息误植颔老名下，一时间，致挽联、挽诗者，比比而至。时任省文物局局长的张一同志，慌了手脚，深恐此事传入颔老耳朵，有所刺激，便不假深思，竟将挽联、挽诗，付之一炬。事后，我于忻州邂逅颔丈，谈起此事，我说："民间有冲喜的习俗，此误传，也非坏事，正可看看朋友们对您老的评价。"先生说："实在可惜，实在可惜！生前能一见挽联挽诗，也是一件幸事！这个张一，该说他什么好呢！"惋惜之情，溢于言表。

2000 年秋月，我受友人委托，代为介休市绵山碑林征稿，曾致函

陈巨锁拜访张颔先生

当时已是81岁高龄的颔老。为其家乡名山作字，先生则更为认真，便自撰诗句，同大札一并寄我：

巨锁同志：您好！大函奉悉，遵嘱写就为家山碑林中幅一条，请两正之。老手迟顿，写的不好。您看的办，能用则用，不能用弃之可也。

我自己作四言赞体诗一首（用小篆书）："绵山终古，介邑韫灵。人文芸若，永葆斯馨。"谨如上。祝嘉祺！张颔上，二〇〇〇年八月廿三日。

颔丈为人为学，扎实严谨，所著《侯马盟书》、《古币文编》以及诸多学术论文，在国内外颇负盛名，今为家山作字，更是一丝不苟，其气象直逼斯冰，却自谦若此，能不令人敬重，方之当今书坛那些自视甚高而书品平平的"大家"们，自不可同日而语了。

今张颔先生已是88岁老人了，还时有大作问世，这实在是学界的人瑞，真令人敬佩呢！

2007年10月1日

访芦芽　记林锴

今年夏天，我邀请林锴先生作芦芽山之游，还希望他找一位年轻人陪同，因为他已是77岁的老人了。七月初，他来了，带着他的儿子林彤。那个20多年前我在他家所见的孩子，现在已是一个英俊的小伙子，光净的头颅，乌黑浓密的络腮胡，剪得齐齐的，俨然敦煌壁画中的西域人。当年的小学生，今已在中央美术学院执教有年了。

第一次见到林先生，是在1977年的秋天。在火车上，我陪他由太原到忻县。由于初见面，尚不熟稔，在无话可谈的时候，他便打开了一本随身携带的《魏源集》(约略是，已记不确切)，聚精会神地品读着。我则打量这位书画家，一个50多岁的中年人，却十分的瘦弱，多髭须的面颊，被刮得铁青铁青。他说他最喜欢的近代诗人是龚定庵、魏默深和黄公度。问起他身体何以如此清癯？他笑着诵读李白的诗解嘲："饭颗山头逢杜甫，顶戴笠子日卓午。借问别来太瘦生，总为从前作诗苦。"林先生以"太瘦生"自号，也隐约知道他对作诗的投入了。

到忻县，我陪林先生游览了南禅寺和佛光寺，那气度宏大的唐建和精湛绝伦的雕塑，令他赞叹不已。在文教局小红楼我的斗室中，写了不少条幅，内容大都是他自己的诗作，还为我画了一幅山水横卷：山林丛树，乱石流泉，一赤脚医生，身挎药箱，走过山间小道，即将奔赴缺医少药的山庄窝铺。这是林先生的代表作之一，我曾在北京荣宝斋见过同样题材的大作，不过那一幅是立轴，人物更加突出些，需知那个年代的艺术创作是要主题先行的。

林先生在忻留下了珍贵的墨迹，可惜他那次出行，不曾携带印章，所作书画作品上，也就缺少了厚重典雅的图记。

次年，我到北京，曾拜访林锴先生，拙作《黄山写生记》中有日记一则，抄录于后：

四月二十四日，上午到人民美术出版社访林锴兄，同观郑乃

2001 年 7 月 7 日陪同林锴兄谒诗人元好问墓

珖、许麟庐、王子武等画家作品，晤谈时许，并约晚上到林家作客。……

晚到林宅，居室窄小，破沙发一张，小圆桌一个，旧椅子两把、小圆桌用餐时当餐桌；小儿子做作业，便为书桌了。林兄作画，随地铺毯，权当画案，腾挪挥洒，正《画地吟》六首之自况也。抄录一首，以志一斑：

笔床画几谢铺陈，籍土敷笺耐擦皴。爬跪都忘风雅颂，腾跳暂返稚孩真。何愁汗血浇无地，端为丹青拜有人。斗粟撑肠差足慰，为谁辛苦折腰频。

于此，亦可见画家当年的清苦了。到1985年5月，我赴京参加中国书法家协会第二次全国会员代表大会，在会场又遇到了林锴先生。他邀请我到他家作客，奈何时间不济，未能造访，想必他家的条件有所改善的。此后20多年，与林锴兄再未见过面，偶有书信往来，还收到过先生的诗集——《苔纹集》和几件诗稿墨迹。话已扯远了，就此打住。

林锴先生此番到忻州，目的是看看芦芽山。我便陪林家父子往宁武。到县城，有县委宣传部张海生同志迎候着，以作向导，遂即同车往东寨，下榻汾源水利培训中心二楼。楼下白杨一株，直干参天，杨叶飒飒，若秋风吹拂，时值盛夏，暑气全无。北望雷鸣寺，碧瓦红墙，熠熠生辉；山下清泉灵沼，波光荡漾；四围山色，尽收座中。林锴先生倚枕半卧，未几，遂人清梦，想是有点疲累了。

初访冰洞。一路奇峰怪石，攒青迭翠，万壑之中，林木云影，明灭交辉，山泉喷珠溅玉，清溪低唱浅吟，车行风景道上，林先生左顾右盼，应接不暇。经支锅石、涔山，而大石洞、麻地沟，至春景洼万年冰洞。车停高旷之地，但见丛林环绕，葱翠满眼，肌肤生凉。

仰观洞门，“万年冰洞”四字颜其上，乃罗哲文先生之手笔。方入洞，白烟自口冲起，寒气逼人。林先生和我退了出来，在入口处，每人租得一件外套，大红紧身夹克，穿将起来，煞是醒目，也暖和了许多。甫入洞，又感奇寒，小心翼翼，扶木栏杆沿磴道，斗折而下，路面多坚冰或积水，颇滑跌难行。张海生导其前，林彤殿其后，林锴兄在二位护持下，屏息前进。此通道甚逼仄，仅容一人过而已，遇低矮处，须曲腰弯背，方得通过。面颊偶触冰壁，砭肌入骨。遇冰道，林先生则手撑双栏，两腿腾挪，作悬撑状，七七老人，似甚轻捷，我随其后，见其法，乃效之，省力而稳当，唯双手着结冰之木栏，冷入心脾。至一稍宽之地，方得左右回环观赏，冰柱、冰峰、冰幔、冰花……，无不晶莹透彻，肌理细腻，珠光射人。又转扶栏而上，入另一洞天，其地颇壮阔，冰瀑自天而降，若巨幔高悬，似白练千尺，落地无声。在冰崖高处，一灵芝俏然而出，非冰雕玉琢，乃天然生成，玲珑剔透，甚是可人，游人无不赞叹这造化之奇特。

在冰洞逗留时许，大家已适应那“清凉世界好安居”的处所，待走出洞门，原本凉爽的山谷，却感到格外的炎热了。林锴先生诗思敏捷，遂口占一律，真是“有句风前堕，铿然金石声”，诗云：

炙空火帝肆横行，此洞潜藏万年冰。
寒触玉螭肌凛慄，光悬冻瀑骨晶莹。
岂容尘累煎肠热，已判心源似水清。
安得重门长不锁，炎凉世界两持平。

先生吟罢，接着又说："诗，自不可死执。说到冰洞，这可是几十万年的冰川遗迹，当认真研究保护措施。若此长期对外开放，必将此景观破坏殆尽，后悔莫及的。"

出冰洞，循原路返到小石门，观悬棺栈道，有人问：何以将棺材高悬山崖？林曰："'升官发财'，人所共仰。官家尤胜，不信，开棺验之，此正清朝某科七品，宁武县太爷是也！"一语既出，令众人大笑不止。至小悬空寺下，对景写生，复登临游赏，待山色向晚，归宿汾源。

翌日访芦芽山，取道马仑草原。车在深山夹谷中行约时许，已升至草原颈项，距原头不足二三里。车停山道尽头，但见林木荫天蔽日，林下有马队十数匹，滑竿、轿子六七乘，我们甫出车门，他们便围拢上来，"请坐轿！""请骑马！""路远着哩，老先生走不上去！""便宜得很！"……招揽之声，不绝于耳，宁静的森林山谷，顿时热闹起来。林先生，一个南方人，久居北京，见此陡坡曲径，焉敢坐轿骑马，便在两位年轻人的扶持下，慢慢攀登，走累了，停下来喘口气。其实路程并不算远，没用了多少时间，我们便登上了马仑草原。

喏，偌大的天地，绿草无垠，直接天边云际，近处有十几棵老松树，攒三聚五，各逞姿态，原上散见牛马，或卧或立，或哺乳或舔犊，或游弋或奔驰，或仰天长啸，或悠闲吃草，或成群结队，或独来独往，一派辽阔壮丽之草原景象。岂知这却是海拔二千多米的高山草甸。甸中有几条行人或牛马踩出的小道，一路小上坡，直抵甸北尽头。我们上得原头，那些马队们也尾随而来，还在不停地让我们骑马，看到草原辽阔，且路程尚远，我便跨上一马，旨在诱导林先生，希望他这位南人品尝一下"骑着马儿过草原"的滋味。

“林先生，请上马！这草原平远，不会有危险！”林先生还在迟疑着，牵马人已赶了上去，不由分说，将林老拥上马背。初上马，老人自然不适应，手扶马鞍，身肢僵硬，看上去，有点塞万提斯笔下堂吉诃德的样子，我不禁一笑。然而走过一段路程，加之不时地谈笑，老人松弛了，信马由缰，在草甸中晃荡着，我则想起了“细雨骑驴入剑门”的诗句，今天，这高原上却来了一位骑马的林“放翁”。

“乱花渐欲迷人眼，浅草才能没马蹄”这诗句，方之于草甸上行旅，再贴切也不过了。马走着，我们不敢加策扬鞭，仰观浮云闲渡，俯察碧草如染，野芳发而香烈，山风吹而微凉，恬然适意，不觉已到原之尽头。其地有蒙古包三五顶，设点销卖，有小吃、冷饮，随时播放着流行音乐，在茫荡的黄草梁上充溢着时代的节拍。

至马仑草原北端，峭壁陡然而下，沿山小径曲折盘绕，可通峡底，夹壑而望，芦芽山破目而来，所见正山之南向也。峰峦雄秀，直逼天庭，太子殿屹立峰顶，若空中楼观，群峰在阳光侧照中，有阴阳昏晓之感，山麓松杉茂密，层层迭架，正李可染笔下之山水，黑团团里墨团团，浑穆阔大，磅礴淋漓。近处则怪石嶙峋，直起人面；虬松蟠曲，探海撑空。对此胜景，林先生未及多言，急速地画起写生来。其时山风呼啸，寒气袭人，遂转背风处，就石而坐，手不停挥，将眼中所见，收入绢素，正是“山川摺叠收图笥，日月斑斓纪岁华”之谓也。

时近中午，问林先生是否要登芦芽山？答道：“苏子曰：‘不识庐山真面目，只缘身在此山中。’我们今天正在芦芽山外，已识芦芽面目，何必再费工夫。再说我这瘦弱之躯，恐怕也难造芦芽之极。”

将离马仑草原，我问林老：

“芦芽之游，可有诗？”

林先生道:“有四句,未定草也。”

其句云:

不是层霄饶雨露,何能顽石竟生芽。
来朝应放花千朵,待看烘云五色霞。

由宁武返忻,谒元好问墓。徘徊茔丘,徜徉祭堂,摩挲碑石,观赏翁仲,歇脚于野史亭上,漫步于韩岩村头,留连半日,兴尽而归。

先生将返京,重展当年为我所作画卷,读画上题记:“一九七七年凉秋,自大寨归太原,邂逅巨锁兄,索画山水横轴,草草应命,即乞教正。林锴。”对此,老人感慨系之。遂在画侧跋一语云:“辛巳孟夏,暑氛甚炽,巨锁兄邀游芦芽山,奇峰异洞,惬人心脾,继复出示余旧作山水横卷一帧,盖已历二十四寒暑矣。对之犹如梦寐,叹人事无常,沧桑易改,漫缀数语,以志鸿雪之缘。林锴于忻州旅次。”

先生归京,复致我函,有句云:

“能与二十多年前的老朋友畅谈三日,人生之一等快事也。”此语得是。不知何时复能晤对这位“三山俊艾,六法名家”的林锴先生。

2001 年 10 月 5 日

方胜的艺术

方胜，出生于成都，成长、工作于西安，而祖籍却是五台县，故与我相知相交约略也有三十多年的历史了。

方先生是书画家、篆刻家，博学多闻，且善辞令，讲学东瀛，颇受欢迎。曾赴台湾，举办展览，亦获好评。学有所成，声誉鹊起，而乡梓之情，历久弥深。1985 年，我陪方胜返里寻根，过五台东冶镇，到故家望景岗，甫入方家小院，我发现久居外地初踏家门的方先生，竟然满眼泪花，且有点语塞了，只是伸出了颇显颤抖的双手紧握了迎上来的族人。那情景，也令我十分的感动。故土的情结实在是个谜。到 1989 年，方胜携作品在忻州举办了个人书画展，他说“这是对乡梓的汇报”。此展，受到了家乡人民的热情接待和欢迎。此后，方胜多次回乡，每相见，谈书论艺，其乐融融。

初知先生善篆刻，曾为我治姓名印、斋堂印与闲章五六枚，亲自包裹、付邮，由西安寄忻，也令我感激无尽。观其治印，宗法秦汉，旁及近现代诸大家，能得秦玺清俊灵动之气息，更具汉印浑厚朴茂之趣味，工稳劲健，耐人品读。据悉，先生钻研篆刻四十余年，治印逾万方，不管是书画爱好者，还是书画大家，乃至国家领导人，凡有所请，皆为之奏刀，创作之勤奋，于此也见其一斑了。“天道酬勤”，人所共知，然真正能朝斯夕斯，浸淫其间，不知倦怠者，又能有几人！方胜在艺事上，能有今日之成就，秘诀之一，首先当是这“勤奋”二字了。

西安，乃文化古都，人文荟萃，学风淳厚，勤奋好学的方胜游艺其间，转益多师，博涉书画，先后师事张寒杉、叶访樵，师长开悟有方，学子勇猛精进。及至1985年，44岁的方胜，又游学京华，谒见当代书画名公赵朴初、董寿平、何海霞、启功、张仃、叶浅予、白雪石诸大家，或投师问道，或请益聆教，学业为之大进。

于绘画，大凡人物、山水、花鸟，无不涉猎，所作尤以花鸟为鲜活，以书法入画法，笔情墨趣，跃然纸上，所见《十分春色江南》、《雪后霜余》等作品，笔墨简古，大可人也。而所作之山水，似从写生中来，先生久居长安，秦地山水，尽收缃素。却看终南秀色，华岳雄姿，黄河激浪，太白烟云等大作，皆能曲尽其妙，引人人胜。近年来又行脚华夏，饱游饫看，然后形诸笔墨，或天山南北，或大河上下，此等作品，可卧游，可晤对，亦颇亲切。而早年所作人物画，皆本于生活，重彩工笔，传神写照，刻画人微，得见功力之扎实。随着年龄之增长，方胜的画路，由博而约，用志不分，更上层楼。

于书法，对篆书用力尤勤，甲骨文、金文、石鼓文、小篆等，一一临摹，揣摩品味，融冶众长，为我所用，其作品亦呈浑朴劲健之风格，似与篆刻相表里。印从书入，书从印出，印存书卷气，书呈金石味，互为借鉴，互为补益，书印相长，不无启迪。

不论书画，还是篆刻，方胜遵循着一条稳健扎实、继承传统的道路。他不会讨巧，也不屑追风，只是脚踏实地，一步一个脚印地向前迈进，向上攀登，犹如登太华，过玉泉院，经五里关，上青柯坪，入千尺幢、百尺峡，抵北峰，稍一喘息，而后沿苍龙岭而来，至岭头，仙掌、落雁、莲花诸峰皆入望中了。矢志不移，忘却险阻，勇于挺进，奇伟瑰怪非常之观，当尽现于眼底呢。

2006 年 5 月 1 日

我与书

住忻州小城三十多个年头中，我已挪了几个窝，每到搬家，最发愁的总是书，妻说："不要再买书了，你哪能看得完！"此话不错，隐堂中所藏的几架图书，我确实看不完，有的书，我甚至连一页也没翻过。我虽答应着妻子的劝告，然而，碰到喜欢的书，还是照买不误。书架上没有立锥之地时，案头、屋角、地上、床下也乱叠着、堆放着，到室内有碍于行动时，便拣出一部分存放箱笥，搬入地下室，不料竟成了老鼠们咀嚼的对象，原来老鼠也喜欢书。当我发现这些宝贝受到损害时，我曾想把这些多余的书捐赠给某个学校，但也只是想了想，这是我的吝啬呢？还是我对书的爱？我买每一本书，似乎都有一段难忘的故事，看到那本书，就会想起了买书时的情景，当时的人和事都会浮现在脑海。

四十多年前，我还在村里上小学。旧历四月十七，是崞县四大会之一的"大常古庙会"。我家屯瓦村距大常村仅有 15 里，偶值星期日，便偕三五同学"赶会"去。临行，父亲给我一元钱。在山村小道上，同学们说笑着戏逗着，很快便到了目的地。古庙内外，人山人海，看戏的，烧香的，还愿的，不一而足；锣鼓唢呐声，小吃叫卖声，堂倌报菜声，汇成了庙会特有的声色和情调，尤使我感到新奇的是那肩扛三把明晃晃切草刀绑成的刀枷的“还愿”者，呼三喝四，前面有鼓手开道，紧接着是抬礼品的人——端着摆满各式“供献”的条盘，后面便是护枷的人，簇拥着扛刀枷的还愿者，一路走来，穿过人群，走向那香烟缭绕的神庙。一家过去了，又来一家，真让我应接不暇。这次“赶会”，我没看戏，只逛了逛佛殿，便蹲在一个书摊上看书，竟将那一元钱买了厚厚的两本书。午饭钱没有了，只好饿肚子。到傍晚，回家路上，头晕眼花，同学们以为我病了，一路搀扶把我送回家。父亲得知原委，便瞪着眼说：“买书，也不能不留吃饭钱！”祖母说：“吃饱了饭，再买书也不迟。”我想：“吃饱了饭，哪还有余钱买那两本书。”但我没有吭声，随大人们教训好了。当时买了两本什么书，不记得了，总是侠义小说一类，但那次因饥饿而致行路艰难的狼狈相至今还是记忆犹新。

2000年夏天在忻州和平新村文隐书屋读书

我在崞县城的范亭中学上了六年学。县城西街有个新华书店，每到星期六的下午和星期日的上午，我大都是在那里度过的。因为我是常客，偶尔也买几本书，便和书店的工作人员很熟了，无钱买书时，便站在书架旁，翻阅那些心爱的读物，他们不独不赶我走，有时还会给我搬个凳子，甚至倒一杯开水，使我感动不已。大约是我上高中的第一年，我已迷上了美术，书店来了一本《中国画》创刊号，定价4元，价钱够吓人的，因为当时一个学生一月的伙食费才7元8角，每月家里给10元钱，掏4元钱买一本书，那会塌多大的亏空。我一时犯难，又怕书店把书卖出去，便和经理打了招呼，让他们把书留一段时间。不知过了多久，我终于把钱凑齐了，便把那《中国画》拿到手。至今这本八开本的画册还立在我的书架上，我虽很少翻阅它，但当我看到封底上那稚拙的“1958年1月5日购于崞县书局，陈巨锁”等字样时，便会想起当年一个穷学生买书的窘迫和买到书时的喜悦。

六十年代初，我在太原上大学，离学校不远的地方有“坞城路新华书店”，这也是我经常涉足的地方，不过不是星期日，因为大学里，课程安排得不太紧，管理也较松散，课余便可以随意出入校门，偶尔兴起，就到书店逛一趟。星期日，则是到市内逛“五一路新华书店”，那是当时太原市最大的书店了，隔壁是小小的外文书店，在府东街还有一个古旧书店，在那里还能买到减价的便宜书。从坞城路到城内五一广场，少说也有十华里，坐电车需花1角6分钱，但我和几位同学一般是走着去，走着回，手里提着新买的书，一路说说笑笑，倒也没觉得有多辛苦。

在大学毕业的1965年，我们在清徐县搞“四清”运动。运动快结束时，为村里画壁画，我和一位同学从清徐县的西罗大队到太谷县城买颜料。在太谷的文物商店意外地买到几本旧拓的碑帖，有《孙秋生造像》、欧书《九成宫醴泉铭》、颜书《东方朔画赞》、赵孟頫书《道教碑》四种共九册，这些书都出自太谷大户曹氏，上面尚有曹家的收藏印记，书不贵，我却是需“倾囊之资”收购的。记得由太谷城回西罗时，我们将这些碑帖捆成一捆，用一棍木棍舁着走。路人见状颇感稀奇，不时站下来注目议论。这次购书，在《孙秋生造像》的空白中曾有一段题记，简略地叙述了那次买书的情况。

“文革”开始后某一年，我适北京琉璃厂逛书店，在“庆云堂”门外遇一青年推自行车者，车架上捆着一摞旧碑帖，刚从“庆云堂”出来，说那里不收购。我翻了翻，虽为残帖，也想留下来，遂请庆云堂的店员打个价，他说：“现在破四旧，这东西没人要，给个废纸价算了。”我见推书者脸有不悦之色，便提出每本一元钱成交，那青年欣然而去，那店员却白了我一眼，也许他还在心里骂我这个“大傻瓜”。我将那些残碑破帖携归忻州文庙后，就中的《郑文公碑》前后临摹也不下十来次。

我买书的时间也算有些年头了，然而增长速度较快的却是近几年，一是我有了一套较为宽绰的宿舍，且挤出了一间书房，名之为“文隐书屋”，曾得《隐堂即事十首》有句云：“隐堂可寻丈，中有几架书，兴来亲笔砚，挥毫乐何如。”正纪实也；二是改革开放，书画作品进入市场，拙作偶尔也能换得一些薄酬，这稿酬自然不列入计划支配范围，当可灵活掌握，有钱时，便买点喜爱的书。现在的书，标价猛涨，尤其是书画册，动辄几百元，有时高达千元以上，遇到特别喜欢的，也便买下来，竟忘记了价码的高昂，妻子见了就说：“你又买书了，这么贵！”她说说而已，我也当作耳边风，这种钱花顺手了，书也自然增

文隐书屋

长得很快。除书画外，我酷爱文学，又好游访，大凡文学的、美学的、历史的、地理的书都买。说到旅游，自然逛了不少寺庙，也接触过一些高僧大德，便和佛家结了缘，佛经典籍之类随之也上书架了。近年来又出访了日本、朝鲜、美国等地，有关这些国家的书籍也买点翻翻，书不断增加着，好在我学的英语、俄语几乎忘得连字母也念不来。否则书架上还得有外文书籍的一席之地。

答“书谱社”记者问

书谱社：中国美术馆“当代书法名家五十六人提名展”上只有两位章草书作者，就是您与王世徵先生。请问您是从何时起将章草作为自己主攻字体的？师法方面又经历了哪些取舍？

陈巨锁先生：章草我是在不知不觉中学的。从小喜爱书画，其时，有位乡贤送我一本《王右军草诀百韵歌》，这是我学草书的开始。到中学时，得遇段体礼先生，受其影响，我对书画艺术更加热爱。在这段时间，凡是能看到的碑帖，无不涉猎。

1960年夏天，我考上大学。小学时就知道省城有位大书法家，叫柯璜。到太原后，便去拜访柯璜先生。其时，先生八十六岁，然对晚辈的请教，很是认真。去的次数多了，我给老先生研墨理纸，看先生写字。老人见我用功甚勤，把他所书毛主席诗词拓片十数纸送我。老人毕生写《淳化阁法贴》，晚年精力不济，作字迟缓，便由今草而返章草。我书学柯体，在不知不觉中进入章草范畴。当时，不知道有“章草”一体，这大约是我学章草的开始。后来，山西省博物馆副馆长梁俊先生说：“你的章草写得不错，只是太像柯璜先生了。柯老快九十的人了，你才二十来岁，写的字不应有老态，要生动活泼，学习宋克的章草为好。”我记取梁先生的劝告，开始寻觅有关章草的碑帖。当时，不独章草，其他书体的资料也极为稀少。凡能看到的章草资料，我无不认真研读，钩摹、填墨。如王羲之的《豹奴帖》，王献之的《七月二日帖》等等。通过钩填，对章草的章法布局，以及每个字的特点有了进一步的理解。此后，作字盖能得心应手。

书谱社：据悉，您曾向柯璜、方人定、谢瑞阶诸先生请教章草之法，能否谈谈您当时对章草的理解，以及近三十年来致力于章草创作的体验？

陈巨锁先生：我向柯璜先生学习书法仅二三年时间，因为柯老在 1963 年 11 月 26 日便辞世了。向方人定先生请教书法，则仅二次。1964 年 4 月，广东画家黄新波、关山月、方人定、余本等人来山西采风，应邀到山西大学艺术系美术专业作书画讲座，并作示范。记得方人定先生在一张四尺宣纸上写了吴敬梓的一首七绝：“不敢妄为些子事，只因曾读几行书。严冬烈日都经过，次第春风到草庐。”字不大，只占了纸的一部分。写完后，用刀子裁去了多余的部分。方先生一笔地道的章草书，我印象很深，多次背临，至今记忆犹新。1973 年 10 月，我到广州，参与“广交会”的筹办。工作之暇，我访问了方人定先生。方老时年七十三岁。墙上贴一小纸条“我患脑血栓，不能说话。你说，我听，可笔谈。”我给方老介绍了山西的近况，特别是雁门关的变化。最后拿出我的章草作品，请先生指教。老人取出一张小纸，吃力地用钢笔在纸上写了几行字：“解缙语，章草，隶之变也，形肥而神滞，皆近世之俗流；笔精而墨妙，近古以为难得。”一经方老指点，我便开悟，深知自己犯了作字偏肥的毛病。方老又写道：“写章草，以长锋狼毫为好，力求笔姿劲健，神完气足。”

上世纪八十年代，我曾数次亲近谢瑞阶先生。先是到郑州谒访，请教章草之道。谢老言简意赅，告诉我，章草是今草之祖，隶书之变，可称草隶或隶草，学章草当以隶书为基础，旁及简牍，书写力求质朴自然，不事安排雕琢。后来，在中国书协二届书代会和二届二次理事会上，又多得谢老指点。老先生多以作人和作学问方面的道理教导我，并以《书画三立》示我："书画筑基贵立品，立志立学尽在人。本固枝荣方结果，弄虚作假徒劳心。"以上三位先生的教导，我终生难忘。他们引领我学习章草，并在立品、立志、作学问等方面，为我树立了榜样。

草书的产生，是实用之需，所谓"趋急速耳"、"赴急之书"。然而，章草作字非因急速而使然。我数十年来作章草，是对艺术的追求，无"赴急"之为。故所作书，一是下笔有源，无不遵循（约定俗成的）章草法则和规律，绝不臆度生造。其次，我在章草学习中转益多师，铸熔百家（主观意愿，并非已然），以为我用。汉魏迄今两千年来，章草由盛而衰，流传的作品不是很多。凡所能见到的，我无不临习。从皇象《急就章》（松江本），到索靖《月仪帖》，到隋人《出师颂》，以及元明赵子昂、邓文原、俞紫芝、宋克、祝允明，到近现代的沈曾植、王世镗、郑诵先、王蘧常等名家作品，无不揣摩品味，以汲取营养，丰我羽翼。三是忘我，作书每在经意与不经意之间。经意，嫌拘谨；不经意，则粗疏毛糙，溜滑近俗。情之所至，沉着痛快。不沉着，难得醇厚高古；不痛快，常失风采韵致。四是不求变而自变。人之面目，由少年而青年终至老年，形态在渐变。若骤然变脸，人将不识某甲某乙。蒙养三昧，不求速化，老而弥坚，境界也将不断升华。五是不求工，一任自然，下笔不激不厉，不温不火。心态和平，法而无法，有而不为法缚，无而不离矩矱。

书谱社：我们看到您的章草代表作之一《金刚般若波罗蜜经》，笔致厚重而精巧，以二王草法入汉人章草，高古典雅又自然天成。请您就两汉时期章草书（残纸、简牍书以及刻帖）和元明时期章草名作，谈谈您对章草审美特质的理解。

陈巨锁先生：两汉时期包括魏晋的章草书已是凤毛麟角，一些传刻和记载，都是依托或移植，不足徵信。倒是西北地区出土的古代简牍和残纸，为我们研究和探讨章草艺术提供了珍贵的资料，不难发现章草书省变而出的渊源和规律。简牍和残纸是民间书法的遗存，其风格丰富多彩，与刻帖相较，虽有精粗和文野之分，但这些实物和真迹，则拉近了今人和古人的距离。章草书，由汉隶、汉简省变而来，古朴、厚重、沉着，给人以壮美的感觉。其字互不连属，也少大小变化，笔画平直，以方正取势，然结构精炼、气息贯通，草法森严，隶意分明。元明时期，学书皆由今草而返章草，故所作虽存隶意，而流美妍媚时出，乏厚重古拙之感。由汉魏始，章草能重、拙；由元明起，则失之轻、巧。从今草而返，终隔一层；从汉隶学章草或汉简出章草，当为不二法门。

书谱社：我们留意到，您的章草书作《元遗山论诗三十首》中有杨仁恺、周退密、徐本一等诸位先生的题跋，评价您的章草“入古出新”。请问，您理想中的章草韵致是何模样的？

陈巨锁先生：我曾写过几个手卷，诸师友多有题跋，然而这些文字，多为褒奖过誉，我不敢当。与古人相较，尚难见其项背，能不努力？此其志也。深知自己天资不足，唯以努力补救，成功与否，不计也。学书本自兴趣，日日耕耘，乐在其中。在创作上力求纯正而不死板，洒脱而不野俗，结体寓奇于平正，用笔求灵活多变，所谓“俯仰有仪”、“机要微妙”、“临见妙裁”、“不法常可”。

书谱社：我们关注“国展”时，常见到“钟王风”、“章草风”、“汉简风”、“敦煌风”等提法，在当代，楼兰文书作为学习章草的宝贵资料被热切关注。请问，您如何看待当代章草学习和创作的现状？

陈巨锁先生：魏晋楼兰文书的出土，为我们今天学人研究和学习章草提供了极为珍贵的资料。事实上，一些青年书家模仿此类文书进行书法创作，取得了可喜成就。然而，这些作品多出自民间书家，且文书残破不堪，只相模仿，甚而将自己的书作精心制作成残破样，是舍本逐末，学其皮相，其行可悲。当今，人们的心志比较浮躁，对待书法艺术，也不例外。功利心重，朝方握管，夕求获奖，殊不知作书家，须坐得住冷板凳，耐得住寂寞，有悟性，能勤奋，机缘俱足，方得成功。名利只是副产品，非心有所欲便能探囊取得之物。

近现代章草，沈曾植以汉魏碑为基础，王世镗偶参爨宝子和简牍笔意，郑诵先亦以二爨意趣入章草，王蘧常则熔铸三代金文于笔下。诸家章草各具特色，面目纷呈，尽得风流。诸前辈虽已故去，然遗韵流风尚在。当今，有些老书家，偶然也写几笔章草，但仅具皮相耳。倒是有几位中青年书家，能究本穷源，取精用宏，所书醇厚耐看，气象森然。作字虽宗古法，其书能自具面目，是为新意。若能不为时风左右，不为名利所缚，佐以阅历、学问，这些中青年书家终将成大器。

谈《出师颂》

《出师颂》是汉代史孝山写的一篇赞颂出师的文章，四言48句，192字，是汉赋名篇。章草书《出师颂》，旧题索靖所书，亦题萧子云书，米友仁审定为隋人书。此帖古意浓郁，遒密凝重，点画浑厚，捺笔波势较重，字字独立不相连绵，具有典雅质朴、刚健雄逸的艺术美。

章草，旧说西汉元帝时史游所创，或说东汉章帝时杜操所创，看了出土的汉代竹木简书就可以推断出，只要有隶书，由于实用的需要，不久就会有隶书的简省与连笔的出现，这简省与连笔的隶书就是隶草，后人称之为"章草"。而真正形成一种完整的书体，是需要经过相当长的时间，通过众多的书家在审美上的不断完善才能臻于成熟的。从史游、崔瑗、杜操、皇象到索靖等大书家，在章草的形成和完善过程都有重大的贡献，只可惜这些名家的作品，随着时代的推移，很难见到，或有作品流传，亦摹刻失真，真伪难辨。《出师颂》是索靖书，还是隋人书？对我们学习章草的同仁来说，并不太重要，首先肯定它是中国书法瑰宝中的一件杰作，是我们临习章草的绝好范本之一。它淳古有意外之趣，去索靖或不太远，是隋人临索靖书，也不无可能。所以我们从研究索靖及其书法特色去探索和认识《出师颂》的风格，是十分必要和有意义的。

索靖 (239—303)，字幼安，敦煌人，张芝姊孙。历官尚书郎、酒泉太守等职，曾为征西司马，故有“索征西”之称。是西晋时期的大书家，兼擅诸体，尤长章草。相传有《出师颂》、《七月贴》、《月仪贴》、《急就章》等。有书论《草书势》一篇。《晋书》有传。索靖的书法地位，可谓声名显赫，《宣和书谱》中说：“靖以章草，名动一时，学者宗之。如欧阳询以翰墨自名，未尝妄许可，路见靖碑，初过而不问，徐视乃得之，至卧碑下，不忍去。”于此一斑，亦可见索靖及其书法在历史上的地位和影响了。其书法特色是严整茂密，用笔严谨，笔画古质，萦带处细若游丝，字字区别，不相牵连；有纵行而无横行，点画与波磔相互对比，相互映照，有节奏、有韵律，且能寓动于静，动静相生，妙有余姿。既给人们流美飞动的感觉——“婉若银钩，飘若惊鸾”，又让人感到质朴自然，典雅安详——“舒翼未发，若举复安”，从而达到了“既雕既凿，复归于朴”的天然境界。

《出师颂》既保持了古章草特有的一般特点，又吸收了张芝的草书笔意，但见波磔，而隶意渐少，这也是魏晋以降的章草的特色。此作行笔中锋直下，圆转劲健，形腴而神清，笔周而意远。

临写所用笔和纸，一般以硬毫和兼毫为宜，毫硬笔健，易于把握所临对象的形体，亦可去形肥而神滞的俗病。

《出师颂》是章草书的典范之一，它既具备章草书的共性，即有法式，有章程，章法停匀，字字区别，互不连绵，草体而楷写，有波磔外，还有其自己的个性特色：它运笔圆转，隶意渐少，今草笔意时时可见。这因索靖是张芝的姊孙，张芝是“草圣”，索书受其影响，或者说索靖吸收了张芝草书笔意，使自己的章草书别具面目。

要把握《出师颂》的特点，就得对《出师颂》单个字进行分析，认识和把握每个字的点画特点以及这些构件的组合，就是结体。点画撇捺的特点以及它们的结体是构成字体的根本要素，缺一不可。要想临得像，只有认真读帖，尊重对象，仔细临写，心不厌精，手不忘熟，存规矩于胸襟，才能现碑帖于纸上。

以上是对每个字而言，而对整个篇幅来说，则每字在一行之中，各行在通篇之内，都必须安排得当，各得其所，相避相让，相呼相应，方能顾盼生姿，气韵生动，正如《草书势》中所言："登高望其类"——起笔顾盼左右；"既往而中顾"——运笔照顾前后。在笔势方面，运笔要无往而不收——"骇龙反据"；收笔则要豪迈有力——"凌鱼奋尾"。这些法则，在我们临写过程中要仔细体会，反复实践。

意临更多的是把握对象的神韵，但仍是临，要保持《出师颂》的风格和特点。只是在分间布白和管领应接上可以有所变化，而且主观上也要"趋时适变"，正所谓"睿哲变通，意巧滋生"，不拘常规，灵活变化，逐渐由临写到创作。而这种变化，也不是妄自下笔，而能有所出处。诸如临写汉简墨迹，研究结体、笔法、墨色乃至气度、神韵，从而领略当时的书法气息。又如楼兰出土的《五月二日济白》一纸，与阁帖中所刻索靖《七月二十六日》帖，毫无二致，结合临习，以理解和丰富《出师颂》的意趣。进而以《出师颂》为基础，进行章草书法的创造。这种创作是有源之水，是有根之木，是在前人基础上，博采众长，融会贯通的创作，方可逐渐写出自己的风格和特色。

石涛《画语录》有云："有法而无法，乃为至法。"就是说作画既要有法，又能不为法缚。意临亦须达到有法而无法，精熟之极，心手相忘，自然挥运，神采飞扬，这才是临写的最高境界。

历代书家，无不“熔铸虫篆，陶冶草隶”，方能够旁通各种点画情趣，王羲之也说：“夫书，先须引八分章草人隶书（楷书），发行意气。”《兰亭序》、怀素的书卷中都可见章草意绪。《出师颂》又是章草的代表之作。历代书家，尤其是学习章草的书家，无不临写、继承其法，元之赵孟頫、俞和，明之宋克、祝允明，近现代之沈曾植、王世镗、王蘧常、郑诵先、谢瑞阶先生，无不把《出师颂》作为临习的范本，启功先生说：“此卷墨迹，章草绝妙。”这就足见《出师颂》的历史价值了。

亲近宋克

一、结缘

从小喜爱书画，上世纪五十年代初上中学，某年暑假返乡，适值同乡书法家孙鹏云先生办书画补习班，便往投学请教。孙先生早年毕业于北京大学，善书画，富收藏，见我有一定的书画基本功，欣然出示所藏许道宁的山水小品、赵孟頫的《二马图》、宋克的书法、蒋廷锡的工笔牡丹，为我讲解，供我临摹。我对宋克的作品，尤为钟情，反复临习。迄今，五十多年过去了，而所临作品的内容却不曾忘记：

观阁嵯峨起日边，春云叆叇倚层巅。
天低青海一杯水，山落齐州九点烟。
百尺长松神阙外，千秋灵柏古坛前。
遨游尽是神仙侣，瑶草金芝不记年。

这是一件不足三平尺的小立幅，作品的真伪与艺术的高下，我一个没有多少鉴赏能力的中学生，是难予评说的。然而宋克这个名字，自此却深深地印在了一个十几岁孩子的记忆中，这可以说是我初次与宋克的结缘吧。

1960年，我在太原读大学，课余在校外从黄岩柯璜先生学书法。柯老精今草，晚年所作草书却多呈章草韵致。我为先生研墨理纸，耳濡目染，所作也近先生面目。后得山西省博物馆梁俊先生指教："你才二十来岁，书作过于肥厚，太近柯老面目；欲学章草，当以宋克作品为范本。"此后，便留心宋克的碑帖，凡能见到者，便购藏临习。几页宋克书陶渊明诗拓片，置诸案头，朝夕晤对，钩摹尤勤。

二、浅识

章草书，始于西汉，解散隶体，粗书之，纵任奔逸，以赴速急就之需，正时代之产物也。到东汉而魏晋，章草法备，极一时之盛，能书者众，传世者多。至唐宋，几成绝响。到元明，章草中兴，书家辈出，其中为大家者，宋克堪称巨擘。

宋克(1327—1387)，字仲温，一字克温，居南宫里，自号南宫生，吴郡长洲（今苏州吴县）人，在书法上，当时与宋璲、宋广、沈度、沈粲齐名，有"三宋二沈"之称，然其书法成就与影响，诸子远不能与宋克比肩。宋克又善诗，与高启等十人著称诗坛，号称"十才子"。能画，尝作竹石丛篁，亦为人称赏。

据记，宋克性豪爽，身伟岸，喜走马击剑，任侠好施，以至家财殆尽。于元末，北走中原，举义起事，未料中道受阻，不能如愿，遂转亲山水，泛长江，下金陵，游金华，过会稽，搜奇览胜，寻幽探古。归家则潜研书画，专心翰墨，"杜门染翰，日费十纸"。亦曾师事饶介，间接康里巎巎书脉。

洪武初，宋克曾任陕西凤翔县同知，然性本放浪，岂能适应官场羁绊，赴任未几，便辞官还乡，与文友杨维桢、倪瓒等诗酒唱和，书画流连，寄情笔墨，乐此不疲。

宋克之书法，楷行出入魏晋，胎息钟王，法度严谨，运笔洒脱，韵致高古，风神秀逸。而于章草，入古出新，冠绝同俦。有元一代，赵孟頫在书坛领袖群伦，享誉天下，真行篆隶之余，复兴章草，影响所及，一时间，书家竞相摹写《急就章》，成就斐然，各具面目。章草虽得复苏，而其面目却多有风华俊丽妍态媚人之姿，而少质朴古厚之韵。天趣自然之态，亦时风使然。究其原因，章草本“隶草”或谓之“草隶”，即由隶书步人草书。而元明书家，则由楷、行、今草而步入章草，正先天之基因有所不同，加之审美好恶之左右，温润妍媚之风，遂为之流行。赵孟頫辞世五年，宋克降生。赵书遗风余韵，对宋克当有影响，观其所作，虽时见松雪踪影，而却能突破藩篱，直探皇索书势，取古章草之精髓，得古雅厚朴之气象。正近人叶恭绰先生所云：“元末明初，书家能不为松雪笼罩者几希，仲温盖所谓豪杰之士。”

宋克之书法作品，所见《急就章》多种，有完整本，为“庚戌七月十八日”所书，即今藏于故宫博物院者；有不完本，为“洪武丁卯六月十日”书，即今藏于天津博物馆者。前者为四十四岁时所作，虽自言“行笔涩滞，不成规模”，乃自谦之词。此卷，实属作者取皇象《急就章》石本，精心临写，正“结意纯美”，“不失规矩”者也。而“丁卯”本，乃为宋克辞世之年所书，此作虽曰“临”写，却能不为前人矩矱牢笼，有法无法，纵情挥洒，健笔凌厉，波捺险峻，正书家本色，亦与之个性豪放相表里，书中犹见走马击剑之风神。有以“波险太过，筋距溢出，遂成佻下”之诮，乃学究之论，不亦过乎，正不知宋克之为宋克者也。孰料不到半年时间，这位年仅六十一岁的章草大家便与世长辞了。

宋克之章草书，传世者尚有所书孙过庭《书谱》、唐张怀瓘《论用笔十法》，而两本多有残缺。《论用笔十法》，仅存寥寥十五行，楷、行、章草、今草并用，所谓“混合体”者，最后三行，以章草之字法，作今草之连绵，随机变化，自然天成。而其草书有“至正二十年三月”所书《唐宋人诗卷》(旧题为《宋仲温录唐人歌》)、“至正己丑七月廿八日”所书《进学解》及《刘桢公·诗》立轴等，诸作皆以今草之章法出之，而字之点画，则章草韵致，随处生发，“纵迈超脱”，时见康里子山之风姿。而所书《七姬志》，楷则端严，笔精墨妙，虽入碑版，而不乏神采。

三、我读《宋克书孙过庭书谱》

孙过庭为唐代著名书法家和书法理论家，所著《书谱》一书，极为后人重视。书迹不独为临习稿书之典范，文字更为学书之津梁。文章文辞简约而章句典丽，义理明晰而旨趣深邃。略论汉末魏晋之书家，叙书家之品性修为到书作之形质性情，探章法与笔法之变化，解“平正”与“险绝”之关系……无不探幽发微，诠释详尽，颇能开启后学之器识，弘扬既往之风规。后来之宋克，见到同乡（“吴郡孙过庭”）前贤之书论，定然捧读再三，临习不辍，味其余烈，挹其前规，极虑专精，稍无懈怠。今见《宋克书孙过庭书谱》残本，虽以楷章出之，而文字之抄录，则不敢疏忽，偶有笔误，往往点正之。

有俞孟京、俞仲基伯仲二人，皆善书法，与宋克有世交之谊，为文友。俞家三弟俞季明，将远行，造访宋克，临行索书，宋克以所书未竟之书谱赠之。此作正是前面所提的《宋克书孙过庭书谱》“未终”之残本。所谓“未终”，较之孙过庭《书谱》墨迹本（下同），后面尚有一百零一行没有完成。所谓“残本”，今存宋克书作，只有十四页，每页八行，合计为一百一十二行。前缺原文二十五行。今之首页从“伯英尤精草体”之“体”字始，下部有残损，首行损“余真比真”四字，二行损“总其终始”四字，三行损“敬之书子”四字，四行损“题后答之”四字，五行损“答云故当”四字，六行损“那得知”三字，七行损“乎且立”三字，八行损“曾参不入”四字。第二页之六行“钟张”下脱“则专博斯别，子敬之不及逸少”十二字，八行末端损“之术”二字。第三页之五行，首四字“犹众星之”为笔误，应作“似”字，八行末字，孙墨迹本为“峮”字，宋克作“剑”字，或有所本。第五页以“徒彰史牒”之“牒”字始，前缺八十一行，末行“今古”二字倒置。第八页，孙之墨迹本，先写“转”条，后写“用”条，宋克本以“执使转用”为序而书录。第十一页首行“苟知其术”，“术”误为“述”。第十二页第六行，“五十而知天命”下衍一“也”字。第十三页第三行“努”上脱一“鼓”字，第六行“情涯”书作“情崖”，“涯”、“崖”相通。

宋克奉孙过庭《书谱》为圭臬，承其准则，身体力行。今以书谱之义理，审视宋克所书之艺术，个中还多有合处。所憾书件为残本，未能得见全豹之文采，即仅存之十四页，亦可窥其华美之豹斑。十四页中，首页纯以楷书出之，意度清和，气息淳雅。以后十数页，则乍楷乍章，楷章相间。楷书工稳整肃，点画向背分明，结字揖让顾盼；

章草灵动劲健，妙有余姿。一篇之内，动静相生，生意盎然，而其形质情性，具现眼前。至第八页后，楷书渐少，章草渐多，到第十页，章草多至七行，可谓心无挂碍，意合手从，畅达快然之情状，跃然楮墨间，到本页末行，草笔戛然而止，转以楷则，想见书家此时心气和平，正襟危坐，秉笔恭楷，规矩谙于胸襟，点画森然笔下。至十二页，则又纵情草势，其时也，可谓思虑通审，心手双畅，所作故能潇洒流落，翰逸神飞。而第十三页，复归平正，楷章相伴，一似如前。综观所作，起伏跌宕，如行云流水，一任自然，此正宋克书孙过庭《书谱》之精彩处。

是件，未署年款，其风格与“庚戌七月十八日”所书皇象《急就章》和所书张怀瓘《论用笔十法》相仿佛，故知此作当书于至正末到洪武初之间。

2012 年 3 月 15 日于隐堂

得意淡然　失意泰然

祸福相生，得失转化，世间的事物大抵如此。在人生的旅途上，我已走过五十多个年头。回首往事，似乎没有留下最为得意和失意的印迹，组成我以往的既平平淡淡、从从容容，又实实在在、自自然然的生活。

大学五年，我专修国画，兼及书法，虽然孜孜矻矻的下苦功，却从来没有过要做书画家的奢望。大学毕业后，我被分配到一个地区的行署文化局从事美术的组织辅导工作。不到一年功夫，“文革”开始了，我离开了机关，住进了文庙（当时作展览场地），一住便是十年。

社会上风云变幻，大厦将倾，生灵涂炭；我自己一介书生，无力回天。为了打发时日，为了排遣忧郁，我便偷偷借来一套《三希堂法帖》，由读帖到临帖，时间一久，心境慢慢地平静了，进而沉浸在古人的笔情墨趣之中。一墙之隔的大街上，“打倒孔老二！”的口号声声，我浑然不觉，离我居室不远的古城楼上，时有“武卫”的机枪哒哒声，我也充耳不闻，我竟为那书法名帖所吸引，心灵似乎得到了解脱，我超然物外了。一部《三希堂法帖》我不记得临写了多少遍，我只知道我的床底下堆满了几捆写过的纸张。“文革”后期，我四处搜寻并临摹了从魏晋到宋元的名帖。

十年浩劫过去了，许多人都哀叹年华的虚度，我却因为这十年的“逍遥”，能在祖国的传统书法艺术园地中，寻到一方净土，并采撷着芳香花蜜，对此，我感到由衷的高兴和无比的欣慰。这便是我在十年大不快中所求得的小快意。

我平生最快意的事情，迄今为止，莫过于登山观海，访胜探幽了，我学中国画，尤以画山水为主，外师造化，中得心源，自然是不二法门。只有胸罗丘壑，方能造化在手。我便跟踪古今贤哲们，行脚天下，仰观俯察，“搜尽奇峰打草稿”。也庆幸我与祖国的大好河山结下了不解之缘，二十多年来，足迹遍华夏。东临沧海，西出阳关，两凌泰岱，三上华岳，登武当，攀峨嵋，跻匡庐，访黄山，普陀听潮，九华看竹，青城寻幽，雁荡探奇，三峡放舟，漓江选胜，塞外草原，路南石林，湘西张家界，闽南泉州湾……登山，情满于山；观海，意溢于海。那一山一水，一草一木，一鸟一石，都令我神往，令我陶醉。这“游山玩水”委实是使人惬意的，然而，个中的甘苦，非亲历者，怕也未必了然。那乐趣往往就在苦趣之中。

1973 年冬，我由广州沿西江乘船而上，经肇庆，至梧州，然后转乘汽车到阳朔，后泛舟漓江，一路风尘仆仆，由兴坪徒步到冷水村作“画山”写生。那个年月，在乡下连顿热饭也买不到，只在冷水小学讨了一杯凉水喝，曾有句“两鬓婆娑衣袖冷”，以记行色。

1976 年 11 月，打倒“四人帮”不久，禁锢多年的山水画也得到了解放，我的心情格外舒畅，便借到西安出差之便，顺路上华山写生。时值隆冬，冰于雪地，而奇险的华山却因此更显得峭拔妩媚了。欣喜之中，我在零下 27℃的气温中，硬是“呵冻”画下了十余张水墨写生。

谁知就因此身体大伤元气，竟卧病于临潼的骊山饭店，头痛不止，高烧不退。

1978年5月，在黄山二十余日，早出晚归，一壶凉开水，几个冷馒头，不管风晴雨雪，在奇峰狭谷中，对景挥毫，选胜入画，以致口唇干裂，齿龈溃烂，流血不止，疼痛难耐，不堪入睡。然此行得画稿九十余件，自可慰藉，还有幸在玉屏楼得见国画大师李可染先生，求赐教诲，受益良多，我曾为文《黄山邂逅老画师》，以记其事。

1982年4月，结伴上峨嵋，从万年寺起，冷雨连绵，泥泞满道，猿啼蛇惊，煞是艰苦，至洗象池，同行者再也耐不得受这份“洋罪”，便知难而退。我不忍半途而废，便欲独造其巅，腿力不济，手足并用，终于爬上了无止尽的天梯石磴，在金顶得见云海大观，开我眼界，拓我胸襟，壮我情思，助我笔墨。

1988年11月，我在河西走廊旅行，归途中，取道张掖至西宁的路线，风雪中，汽车缓缓的行驶在荒寂的戈壁滩上，车到祁连山脚下，进入扁都口，据说这里就是当年隋炀帝西征时风雪迷途，官员士卒损失大半的大斗拔谷。我行其地，时值严冬，汽车又不时抛锚，时间有限，路程尚远，连在青石嘴就午餐的时间也临时取消了。上大坂山，汽车打滑，旅客只好落座推车，饥肠漉漉，冻饿难耐，一天行车15小时，方抵西宁，其苦累，也无力再说。

多少个春秋，多少次出游，是苦耶？是乐耶？我以为乐中有苦，苦中有乐，苦尽甜来，我每次出游，身子也许会变得消瘦和憔悴些，心底和画囊则变得更加充实，先后得画稿数以千记，写游记数十篇。

一个书画家，成名应该说是一件快意的事情，然而成名后的苦衷，怕是常人所不能了解的。十几年来，我的书画作品多次在国内外展出、发表，被博物馆、美术馆、纪念馆所收藏，为全国各地风景名胜区所征集，而后刊刻碑碣、楹联、匾额，传略收入各种书画家辞典等等，随着名气的不断膨胀，从容的生活方式被搅乱了，海内外求书索画者，与日俱增，登门拜访求教者，络绎不绝，无休止的应酬，还不完的书画债，这样从从容容就变成了忙忙碌碌，平平淡淡就走向了轰轰烈烈。

1986年和1990年我先后在太原和深圳举办了“陈巨锁书画展”，展览获得了高度评价，圆满成功，已故著名书画家冯建吴教授生前曾有诗赞道：“三绝风流粹一堂，铸熔今古出新章，养疴使我移情绪，艺苑长教意气扬。”中国书协副主席王学仲先生曾撰文评价：“巨锁同志善写章草，为书法家；善作诗，有元遗山幽并之气，为诗人；善写文章，颇多波澜，为作家；善画花木山水，为水墨画家。巨锁同志人在中年，就已涉猎到中国文学艺术的几个领域中，潜心致志，会通书诀画理，其作不矜才，不使气，水墨画妙合自然，神融于物，于书法取简椟而丰富章草，绍米颠而旁汲青主，从师承中延伸出个人朴实严整的格调……”对这些前辈的评价和赞美，我当然是感激的，艺术的高峰本无止境，我的水平与他们赞扬的高度还有很大的差距，我认定他们的话是对我鞭策和鼓励。

艺术生活如此，生活琐事又何尝不是呢，每个人都有自己的苦和乐，都有得意和失意的时候，我对得意和失意的态度，正是送给一位朋友条幅上所写的八个字：“得意淡然，失意泰然。”